s.mo verlag

Besuchen Sie uns im Internet:
www.verlag-smo.de

Die Autorin bedankt sich bei allen, die bei der Verwirklichung dieses Romans geholfen haben.

Gestaltung Buchumschlag: Stephan Moll
Lektorat: Kerstin Maass

Foto Titelseite: Römerkastell Saalburg

ISBN: 978-3-940760-43-2 (Buch), ISBN: 978-3-940760-49-4 (E-Book)

Bibliographische Information der Deutschen Bibliothek:

Die Deutsche Bibliothek verzeichnet diese Publikation in der Deutschen Nationalbibliographie; detaillierte bibliographische Daten sind im Internet über http://dnb.ddb.de abrufbar.

Für meine Kinder Marcel, Anna und Lukas

Petra Horst

Im Winter des Wolfes

- Lavinia und Armin -

„Libenter homines id, quod volunt, credunt."

(Gaius Iulius Caesar, De Bello Gallico)

Liebe Freunde,

wenn ich diese Zeilen nun niederschreibe, dann in dem Wissen, dass die Grenze, von welcher ich euch hier berichte, nicht mehr ist und das Reich, welches ich beschreibe, längst im Niedergang!

Es würde meinen Freund Armin wohl erfreuen, wenn er all diese Dinge noch erleben könnte, aber leider war es ihm nicht vergönnt, und so wartet er sicher bereits ungeduldig auf den Tag, an dem wir uns wiedersehen; dort drüben, wo immer dies auch sein wird. Denn das ist ein Punkt, über den wir uns nie so recht einig waren!

Vielleicht kannte nur Oda die Wahrheit …

Doch auch der Glaube, den dieser Mann aus Galiläa uns gebracht hat und dessen Anhänger immer zahlreicher werden, übt inzwischen eine gewisse Anziehung auf mich aus.

Aber alles der Reihe nach, ich denke, ich verwirre euch gerade ein wenig ... seht es einer alten Frau nach!

Nun, um es euch ein wenig einfacher zu machen: Nach dieser neuen Zeitrechnung schreiben wir heute wohl das Jahr 260.

Erst vor wenigen Tagen erreichte uns, die Bürger Roms, die Nachricht, dass die Legionen des Reiches sich aus dem Norden zurückziehen, die Gebiete dort aufgeben und den großen Grenzwall, welchen wir Limes nennen, den Barbaren überlassen.

Es war auf Dauer sicher zu mühsam, sie davon abzuhalten, immer wieder in unsere Gebiete einzufallen ...

Sei es drum, denn wie ich in meinem inzwischen ziemlich langen Leben lernen musste, ist auch dies, wie so vieles andere, lediglich eine Frage der Perspektive.
Die Barbaren jedenfalls betrachten uns als Eindringlinge in ihr Land ... wir sehen das umgekehrt.
Aber ich will euch nicht mit solchen Gedanken langweilen.
Lest lieber, was ich euch über die Zeit berichte, als die Dinge noch klar verteilt waren, über die Zeit, als man Roms Macht nicht anzweifeln und sich schon gar nicht gegen den Kaiser erheben durfte.
Tage, in denen ich ein junges Mädchen war und gerade begonnen hatte, eine mir bis dahin völlig unbekannte und geheimnisvolle Welt zu entdecken ...

Um das Jahr 210, an der Grenze der zivilisierten Welt

Der kühle Windhauch traf ihr Gesicht, er trieb feuchte Nebelschwaden vor sich her.

Sie begann ein wenig zu frösteln, denn ihr dünnes Kleid aus feinstem Leinen bot kaum einen wirksamen Schutz gegen die Kälte.

Es war noch früh am Morgen, die Sonne schickte ihre ersten zaghaften Strahlen über die weite Ebene im Süden des Kastells und tauchte die Landschaft dabei in ein rötliches Licht, welches sich an den Dunstschleiern geheimnisvoll brach.

Die Sträucher und Bäume begannen, in ihrem herbstlichen Blattschmuck zu leuchten, ab und zu verschwanden sie im Nebel, um dann, wie durch die Hand eines Zauberers berührt, erneut sichtbar zu werden.

Das Mädchen zitterte leicht und versuchte, den dünnen Stoff ihres Gewandes enger um ihren schmalen Körper zu wickeln. Sehr erfolgreich war sie hierbei jedoch nicht.

Das Kleid war nicht dafür gemacht, hier an der äußersten Grenze des Reiches getragen zu werden. Ursprünglich hatte sie dies im warmen Sommer ihrer Heimatstadt tun wollen ... in Rom, dem Zentrum der bekannten Welt, weit südlich von diesem Ort! Ursprünglich ...

Sie schluckte einmal schwer. *Lange ist es noch nicht her,* dachte sie wehmütig, *dass ich ein ganz anderes Leben führte, ein Leben in Reichtum und ohne Sorgen. Ein Leben mit Festen und Vergnügungen, ohne einen Gedanken an die schlechten Dinge in dieser Welt. Man erfüllte mir jeden Wunsch, noch bevor ich ihn ausgesprochen hatte. Eines Tages hätte ich dann standesgemäß geheiratet, natürlich einen Mann ähnlicher Herkunft, den selbstverständlich mein Vater für mich ausgesucht hätte, und der wahrscheinlich viel älter als ich gewesen wäre ... Meine Zukunft schien vorbestimmt.*
Und dann ist das alles plötzlich und unerwartet zerbrochen, meine Welt gibt es nicht mehr.
Nun bin ich hier, in diesem Kastell, einem Stützpunkt der Legionen Roms, hoch im Norden des Reiches, in Germanien.
Dem Ort, an dem mein Vater bereits seit einigen Jahren lebt. Leben muss ... denn ein Soldat der Legionen geht ja dorthin, wohin man ihn schickt. Und mein Vater würde zudem nie widersprechen, wenn der Kaiser etwas von ihm verlangt.
Nein, auch wenn ich es mir sehnlichst wünsche, es ist absolut undenkbar, dass Vater sich meinetwegen widersetzt. Er betrachtet es nun mal als seine Pflicht zu dienen ... zuerst kommen

immer das Reich und der Kaiser, dann erst die Familie, seufzte Lavinia betrübt.

So hatte Marcus Julius Severus auch vor einigen Monaten beschlossen, dass seine Tochter zu ihm kommen solle, nachdem ihre Mutter, seine Ehefrau, gestorben war.

Ein Mädchen von dreizehneinhalb Jahren konnte, zumindest nach Meinung des Präfekten, noch nicht alleine leben. Und ganz sicher war es auch nicht in der Lage, ein so großes Haus, wie jenes, welches sie in Rom besaßen, zu führen.

Andere Verwandte, die Lavinia hätten aufnehmen können, gab es dort nicht.

So blieb ihr keine Wahl. Sie musste sich dem Willen ihres Vaters fügen und sich auf den beschwerlichen Weg begeben ... weit in den Norden.

*

„Herrin!"

Lavinia zuckte leicht zusammen, als sie so unvermittelt angesprochen wurde. Doch es war nur Cornelia, ihre alte Dienerin, die leise hinter sie getreten war, und ihr jetzt fürsorglich einen warmen Umhang um die Schultern legte. Dabei streichelte Cornelia ihr einmal sanft über den Rücken, wie sie es auch schon getan hatte, als Lavinia noch ein kleines Mädchen war.

Dankbar nickte diese ihr zu.

„Was tut Ihr denn hier draußen, Lavinia, mein Kind?“, entrüstete die Dienerin sich. „Ihr werdet Euch noch den Tod holen in Eurem dünnen Gewand. Ich glaube, wir müssen erst einmal dafür sorgen, dass Ihr angemessene Kleidung bekommt. Diese Barbaren hier im Norden scheinen sich sogar mit ihren Göttern gegen Rom verbündet zu haben! Wie soll es bei diesen Temperaturen nur möglich sein, eine gewisse Kultur zu entwickeln, Gärten anzulegen oder Theater anzubieten? Kein Wunder, dass sie so unzivilisiert und wild sind. Ein grauenvolles Land, in das Euch unser Herr da geholt hat! Ich kann nur hoffen“, und dabei schüttelte sie verärgert den Kopf, „dass er seinen Dienst bei den Legionen nicht mehr allzu lange versieht und bald nach Rom zurückkehrt. Eine junge Frau, wie Ihr es nun seid, kann unter diesen Umständen kein standesgemäßes Leben führen und natürlich auch keinen Bräutigam aus der richtigen Familie finden! Grauenvoll!“

Mit diesen Worten wandte sich Cornelia bereits ab, um ins Haus des Kommandanten zurückzukehren.

Sie erwartete allem Anschein nach, dass die junge Herrin ihr folgen würde, denn als sich Lavinia auch jetzt nicht von der Stelle rührte, blickte sie zuerst ein wenig vorwurfsvoll. Dann aber machte sie einen weiteren Versuch.

„Bitte Herrin, kommt jetzt. Sonst werdet Ihr sicher krank. Wer weiß, ob es in dieser Einöde überhaupt eine ausreichende medizinische Versorgung gibt."

Lavinia lächelte ihr einmal kurz zu, schüttelte dann aber entschieden den Kopf.

„Geh nur ins Haus, Cornelia. Jetzt, da ich den warmen Umhang habe, ist es gar nicht mehr so ungemütlich. Ich möchte noch ein wenig nachdenken ... alleine! Ich komme später nach. Und die frische Luft tut mir gut, du musst dir keine Sorgen machen."

Die alte Dienerin wirkte zwar noch immer nicht restlos überzeugt, doch da der kalte Wind weiterhin unablässig über den Bergrücken fegte, zog sie es vor, sich in die Nähe der warmen Feuerstelle des Hauses zu begeben.

Sie zuckte noch einmal kurz mit den Schultern, schüttelte etwas unwillig den Kopf und überließ die junge Herrin anschließend ihren Gedanken.

Meine liebste Tochter,

wenn Du nur sehen könntest, wie wunderschön es hier ist. Sanfte Hügel, die im Frühjahr in ein helles Grün getaucht sind. Dazwischen blühende Büsche und kleine Wäldchen, gelbe, weiße und blaue Blumen überall.

Vogelgezwitscher und das Summen der Bienen, Schmetterlinge. Und erst der Sommer, mein Kind! Warme Winde streichen über die Anhöhe, auf der unser Kastell steht, nie wird es zu heiß oder drückend, kein Vergleich zu der unerträglichen Hitze Roms.

Der Himmel hier scheint weiter und blauer als in unserer südlichen Heimat ... Du wirst sehen, es wird Dir gefallen.

Ich schicke Dir eine Eskorte, die Dich sicher zu mir bringen wird. Kein Barbar oder Räuber wird es wagen, Dir etwas anzutun, denn Du stehst unter dem Schutze Roms.

Weise die Diener an, Dein Gepäck zu richten, ich wünsche Dir eine sichere Reise.

Dein dich liebender Vater

Marcus Julius Severus, Praefectus cohortis

Lavinia rief sich die Zeilen dieses letzten Briefes, den sie von ihrem Vater erhalten hatte, ins Gedächtnis zurück. Er hatte darin von Wärme und blühenden Bäumen, von Frühling und Sommer geschrieben.

Und das ist nun also der Herbst, dachte sie unzufrieden. *Es ist ungemütlich kalt. Und die lieblichen Hänge, von denen*

Vater sprach, bieten keinen Schutz vor den eisigen Winden aus dem Norden, die bereits um diese Zeit über sie hinwegfegen.
Lavinia betrachtete, wie das Laub der Bäume und Sträucher durch die kühle Luft tanzte. Betrübt seufzte sie einmal leise ...

Das Farbenspiel, welches sich ihr von der steinernen Brüstung des Kastells, hoch auf dem Kamm des Bergrückens bot, war jedoch atemberaubend. Gelb, Orange, Rot, manchmal ein kleiner Flecken Grün, dann wieder Braun; daran konnte man sich kaum sattsehen. Dennoch befürchtete Lavinia, dies könnte nur ein Vorspiel sein. Denn, wie man es sich in Rom erzählte, waren die Winter im Norden des Reiches dunkel, grau ... und eisig kalt!
Auch wenn sie bisher keine rechte Vorstellung davon hatte, nicht wissen konnte, was das bedeuten würde.
Noch nie habe ich etwas Derartiges erfahren, kam es ihr in den Sinn. *Nicht während der letzten dreizehneinhalb Jahre, in denen ich auf dieser Erde lebe.*

*

Der Junge stand regungslos auf dem hohen Erdwall, den man hinter der steinernen Mauer des Kastells aufgeschüttet hatte. Sein Blick ging über die Zinnen hinweg nach Norden.

Seit Langem schon, immer gerade dann, wenn man es ihm gestattete, hatte er es sich zur Gewohnheit gemacht, dies zu tun. Auch wenn man jetzt, tief in der Nacht, kaum etwas erkennen konnte.

Meist sah er nur die entfernten Lagerfeuer der Legionäre, die den Durchgang an der Grenze bewachten, welche sich wenige hundert Meter hinter dem Kastell erstreckte.

Dort, wo ein alter Handelsweg der hier ansässigen Völker kreuzte, hatte man eine Lücke belassen, die man, ob von Süden oder Norden kommend, passieren konnte. Vorausgesetzt, man entrichtete die geforderten Tributzahlungen und kam in friedlicher Absicht.

Sonst, das wusste er, würden die im Kastell stationierten römischen Legionäre dies ganz sicher verhindern!

Mehr als fünfhundert waren es, Fußsoldaten als auch Reiterei. Eine wirklich beeindruckende Streitmacht, gut bewaffnet und im Kampf geübt. Nahezu unbezwingbar.

Natürlich, denn sie wurden gut auf ihre Aufgabe vorbereitet! Das tägliche Training und die eiserne Disziplin waren für sie selbstverständlich. Und eben dies unterschied die Legionen Roms von allen anderen

Armeen, auch von den eher unorganisierten Horden der germanischen Völker.

Kein Wunder also, dachte der Junge, *dass sie es geschafft haben, ihr Reich so weit auszudehnen, ihre Macht ... die Macht ihres Kaisers!*

Er seufzte leise und schaute weiter über die Zinnen hinweg, Richtung Norden.

Auch wenn man in dieser Nacht, in der der Mond die Landschaft silbrig beleuchtete, etwas mehr erkennen konnte als gewöhnlich, war das für ihn eigentlich nicht entscheidend.

Er wusste genau, wie es dort in der Ferne aussah, würde es auch niemals vergessen. Das hatte er sich geschworen an dem Tag, an dem sie ihn mitnahmen ...

Richtete er seinen Blick nun in die Ferne, dann sah er etwas, das nur er selbst wahrnehmen konnte: ein Dorf weit im Norden, viele Häuser aus Holz, mit Stroh gedeckt. Spielende Kinder, ein kleiner Bachlauf und unendliche, nahezu unberührte Wälder, nur ab und zu unterbrochen von kleinen Feldern mit Roggen, Hirse oder Lein, von Flüssen und Seen.

Er sah seinen Vater, seine Mutter, seine drei älteren Schwestern, seine Verwandten und die Menschen des Dorfes. Die Menschen, die er liebte. Zumindest die Menschen, die er damals geliebt hat. *Wie lange ist das jetzt her?*, fragte er sich und Tränen traten ihm in die Augen. *Fast vier Jahre ... ja, bald werden es vier Jahre ...*

Und da gab es noch etwas, an das er sich nur zu genau erinnern konnte, auch wenn er es am liebsten für immer vergessen würde:

Jenen Tag, an dem sie gekommen waren. An einem strahlend schönen Tag im Frühling.

Plötzlich waren sie da, wie aus dem Nichts: Legionäre, Reiterei und Fußsoldaten. Viele von ihnen, bestimmt hundert oder gar mehr, so genau konnte er das aber nicht mehr sagen. Jedenfalls mehr, als es Menschen in seinem Dorf gab.

Mitten auf dem großen Platz des Dorfes hatte der Centurio sein Pferd gezügelt, seine Stimme klang laut und bestimmend, als er seine Befehle verkündete.

Keiner der Menschen aus seinem Dorf verstand Latein, die Sprache der Römer. Aber das war auch gar nicht nötig. Die Eindringlinge hatten einen Mann bei sich.

Einen Mann von seinem eigenen Volk, der es beherrschte. Dieser übersetzte alles, was der Kaiser in Rom durch seine Soldaten von ihnen verlangte.

Armin seufzte leise. *Damals war ich noch ein Kind*, dachte er, *und habe den Worten keine allzu große Bedeutung beigemes-*

sen. Was sollte ein römischer Soldat, was konnten sie schon von ihm, dem kleinen Jungen von knapp elf Jahren, wollen?
Bald darauf hatte er schmerzlich erfahren müssen, dass diese fremden Männer durchaus etwas von ihm forderten: Sie verlangten ihn ... sein Leben!

Alle Menschen des Dorfes hatten sich an jenem Tag auf dem Platz versammelt, sein Vater redete mit dem Anführer der Legionäre. Dabei wurden seine Worte von dem sprachkundigen Mann übersetzt, der mit den Römern gekommen war.
Doch der Centurio schüttelte nur einmal abwehrend den Kopf, als er diese vernahm. Er schien seinen Auftrag zu haben, seine Befehle. Nichts und niemand konnten ihn davon abbringen, sie auszuführen.
Armin begriff damals nicht, um was es dabei ging. Er hatte keine Ahnung, weshalb die Stimme seines Vaters so verzweifelt klang und warum seine Mutter und die Schwestern in lautes Klagen ausbrachen.
Ich stand mitten unter ihnen, kam es ihm in den Sinn, *und doch verstand ich nichts!*
Erst als zwei der Legionäre auf einen Wink des Centurios hin nach vorne traten, ihn dann grob an den Armen packten und mit sich zogen, als sie ihn festhiel-

ten, um seine Hände zu fesseln, da ahnte der Junge, dass etwas Schlimmes passieren würde.
Viel Zeit blieb ihm jedoch nicht, sich weitere Gedanken darüber zu machen. Kaum hatte man ihn gebunden, wurde auch bereits der Befehl zum Aufbruch gegeben.
Vollkommen überrascht davon, rührte Armin sich zunächst nicht von der Stelle. Stattdessen hatte er verzweifelt und hilfesuchend dorthin gesehen, wo seine Eltern und Verwandten warteten, hatte gehofft, einer von ihnen würde kommen, um ihn zurückzuholen. *Ja*, erinnerte er sich, *ich habe es so gehofft, verzweifelt gehofft ...*
Jetzt, im Nachhinein, war Armin klar, weshalb sie damals nichts unternommen hatten. Er wusste inzwischen, dass die Legionäre es niemals zugelassen hätten. Ein jeder aus seinem Dorf wäre auf der Stelle getötet worden, der auch nur den geringsten Versucht unternommen hätte!
Rom und der Kaiser kannten keine Gnade Und was Recht war, bestimmten sie!
Armin selbst hatte daraufhin einen heftigen Stoß in den Rücken erhalten, der ihn fast umgeworfen hätte, wäre er nicht gerade noch zwei Schritte nach vorne gestolpert.

Als er jedoch erneut stehen blieb und sich weigerte mitzugehen, spürte er sofort den zweiten, ebenso heftigen Stoß. So fügte er sich schließlich. Was konnte ein Elfjähriger diesen Männern auch schon entgegensetzen?

Seine Eltern und Verwandten waren machtlos, wurden sie doch von den Soldaten mit gezogenen Schwertern daran gehindert, ihm zu folgen. Es blieb ihnen nur, hilflos zuzusehen, als man ihn aus dem Dorf wegführte.

Noch einmal gelang es Armin, sich umzudrehen und einen letzten Blick zurückzuwerfen. Sogleich wünschte er sich, es nicht getan zu haben.

Sein Vater, der Anführer des Dorfes, ein Fürst seines Volkes, war auf die Knie gefallen.

Demütig kniete er vor dem römischen Centurio auf dem Boden, wie ein Sklave vor seinem Herrn!

Armins Augen füllten sich wieder mit Tränen, als er daran zurückdachte.

Den Befehlshaber der Legionäre schien das alles nicht im Geringsten zu beeindrucken: Nichts hielt ihn davon ab, seinen Anweisungen zu gehorchen. Bereits kurz darauf ritt er in schnellem Galopp zur Spitze der Kolonne, vorbei an der langen Doppelreihe seiner Fußsoldaten.

Und Armin, dessen Augen auch damals voller Tränen gewesen waren, hob seinen Kopf und blickte nicht mehr zurück! Was immer man auch mit ihm vorhatte, was immer auch geschehen mochte, *er* würde seinen Stolz nicht vergessen!

Er war der Sohn eines Fürsten ... nie, so hatte er sich in diesem Moment geschworen, nie würde er seine Knie vor den Römern beugen!

Der einsame und traurig klingende Ruf eines Wolfes tönte laut durch die Stille der Nacht und holte Armin aus seinen schmerzlichen Erinnerungen zurück. Er warf noch einen letzten Blick auf die entfernten Bäume und Sträucher im Tal, deren Schatten sich im Mondlicht deutlich abzeichneten. Die Umrisse der Wachtürme an der Grenze erhoben sich dunkel und bedrohlich vor dem Horizont.

Es musste schon früh am Morgen sein, denn die Lagerfeuer der Wachen waren fast heruntergebrannt. Armin hatte über seine Gedanken hinweg völlig die Zeit vergessen.

So zog er seinen wollenen Umhang ein wenig fester um seinen Körper und machte sich auf den Weg zu-

rück zu seiner Unterkunft, einem kleinen Stall, in dem außer ihm noch einige Schweine und Ziegen untergebracht waren.
Die Nacht war kurz. Jede Nacht war kurz, denn Armin musste früh aufstehen, um seine Arbeiten zu verrichten: all die Arbeiten, die man ihm auftrug. Er hasste es, aber er konnte, wenigstens im Augenblick, nichts daran ändern.

*

„Du hast mich angelogen!"
Dieser Vorwurf traf ihren Vater ziemlich unvorbereitet, weshalb er seine Tochter erschrocken und verwundert zugleich über den großen Tisch hinweg ansah.
„Aber Lavinia!" Der Präfekt hielt kurz inne. „Wie kommst du denn darauf?
Ich habe dich noch nie belogen, habe das auch jetzt und in Zukunft nicht vor."
„Vater, in deinem Brief hast du mir vom Frühling geschrieben, von Wärme und Vogelgezwitscher, vom Sommer ... und was ist das?"
Lavinia deutete zum Eingang des Hauses, als sie ihre Anklage hervorbrachte, und ihre dunklen ausdrucksvollen Augen sprühten dabei vor Zorn. Selbst wenn

die Tür geschlossen war wie in diesem Moment, hörte man draußen den kalten Nordwind pfeifen. Stürmisch strich er um die Gebäude des Kastells, brachte die großen Bäume des Waldes, der ein gutes Stück entfernt begann, zum Rauschen.

Hier, an der höchsten Stelle des Passes, befand man sich, wenn man es mit den Augen der Soldaten Roms betrachtete, an einem günstigen Punkt, wollte man weit ins Land blicken.

Vor überraschenden Angriffen gut geschützt, konnte ein möglicher Gegner lange vorher erspäht werden.

Und jeder Reisende, der von der Ebene im Süden ins bergige Hinterland wollte, musste hier passieren und seine Tributzahlungen leisten.

Die Grenze des Römischen Reiches war gut gesichert. Der Limes, ein breiter Erdwall, noch verstärkt durch eine hölzerne Palisade und einen tiefen Graben, befand sich nördlich, direkt hinter dem Kastell.

Auf dem gesamten Bergkamm, überall im Bereich des Grenzwalles, hatte man den ursprünglich dichten Wald gerodet, um den Soldaten, welche die zahlreichen Wachtürme besetzten, einen freien Blick in alle Richtungen zu ermöglichen.

Eine gut befestigte, sichere Grenze war wichtig, denn hier, an diesem Punkt, endete der Einflussbereich des römischen Kaisers, und das Gebiet der Barbaren begann. Ein Land, das nach römischer Überzeugung keine Zivilisation kannte, wild, unwirtlich und feindlich, bewohnt von ebenso wilden und feindlichen Völkern, die bereit waren, dem Kaiser zu trotzen und so den Frieden des Imperiums zu stören. Eine Vorstellung, die den meisten Bürgern dieses Reiches Unbehagen bereitete.

Doch die Lage des Kastells brachte auch einen entscheidenden Nachteil mit sich.

Man war den rauen Winden des Nordens und den Stürmen der kalten Jahreszeiten fast schutzlos ausgesetzt, und bereits jetzt, im frühen Herbst, war es bitterkalt. Wie mochte es wohl dann im Winter sein, der sich ja gerade erst ankündigte?

Marcus Julius Severus seufzte erst einmal leise, bevor er seiner Tochter antwortete.

„Ja, Lavinia, ich gebe dir recht, jetzt ist es kalt hier. Im Herbst und im Winter. Aber ich habe dich dennoch nicht belogen!“ Aufmunternd schaute er sie an.

„Du wirst sehen, bald ist wieder Frühling, dann ist es wirklich wunderschön, das wird dir gefallen!

Und auch der Herbst und der Winter haben ihre guten Seiten.“

Als er dies feststellte, blickte er seine Tochter forschend an.
„Hast du nicht die Bäume gesehen, unten im Tal und an den Hängen? Ihre bunten Blätter, die roten Beeren an den Sträuchern? Im Winter, Lavinia, wenn es geschneit hat, ist die Landschaft fast verzaubert, still und friedlich, wie sonst nirgendwo auf der Welt."
Als Lavinia, die seinen Worten nur stumm gelauscht hatte, keine Regung zeigte, kam Marcus Julius Severus zu seiner Tochter herüber und legte ihr aufmunternd den Arm um die Schultern.
„Warte ein wenig ab", versuchte der Präfekt sie umzustimmen, „du musst dich nur erst eingewöhnen, alles ist noch neu und fremd für dich.
Ich verspreche dir, morgen früh reiten wir aus, dann zeige ich dir die Gegend. Es wird dir gefallen, mein Kind."
Unsicher betrachtete er seine Tochter aus den Augenwinkeln heraus, sein Blick glitt über ihre zarte Gestalt. *Wie ähnlich sie ihrer Mutter doch sieht*, schoss es ihm durch den Kopf, *die gleichen dunklen Augen, das dichte, lockige Haar, welches ihr weit über den Rücken herunterfällt.*
Selbst ihre bronzefarbene Haut, und die leichte Rötung, wenn sie sich aufregt, ist wie die ihrer Mutter.

Und er bemerkte auch, dass seine Tochter allmählich erwachsen wurde.

Bisher hatte er sie immer als Kind angesehen, doch das war sie mit Sicherheit nicht mehr. Auch ihr Auftreten ihm gegenüber hatte sich verändert ...
Er tat einen tiefen Atemzug. Fast bedauerte er, dass es so war. Aber schließlich war es der Lauf der Dinge, etwas das man nicht verhindern konnte und wohl auch nicht sollte.
„Nun, Lavinia?", richtete er mit einem fragenden Blick das Wort an sie.
Sie schien sich angesichts seiner Erklärungen ein wenig beruhigt zu haben, denn sie lächelte ihm noch einmal kurz zu, bevor sie sich mit einem leichten Nicken verabschiedete und den Raum verließ.
Er war sich dessen sehr wohl bewusst, dass es nicht leicht für sie war. *Gerne hätte ich ihr all das erspart*, dachte er bei sich: *die weite Reise, das Leben in einem Kastell an der nördlichen Grenze des Reiches. Vor allen Dingen aber*, und dabei wurde ihm schwer ums Herz, *dieses Leben unter Soldaten ...*
Die Legionen Roms verfuhren nach ihren eigenen Regeln und vornehmes Getue, Kunst und Kultur,

gehörten nicht zu den Dingen, die er ihr hier bieten konnte.

Immer hatte Lavinia in Rom gelebt, in einem großen Haus mit vielen Dienstboten; in einer bedeutenden Stadt, einer Stadt, wie es keine zweite im gesamten Reich gab. Vielleicht sogar auf der ganzen Welt ...

Theater und Vergnügungen jeder Art hatten dort zu ihrem Alltag gehört, seit ihrer frühesten Kindheit kannte sie es so.

Wahrscheinlich ist die Umstellung doch ein größerer Schock für sie, als ich dachte, überlegte Lavinias Vater. *Aber mir blieb keine andere Möglichkeit, als sie hierherzuholen, jetzt da ihre Mutter gestorben ist. Nein, es war sicher richtig so,* tröstete er sich schließlich, auch wenn er insgeheim Zweifel hegte. Alles hätte anders sein sollen ...

*

„Er gehört dir!“

Der schwarze Hengst war wirklich außergewöhnlich schön. Lavinia betrachtete das große Tier mit einem verliebten Ausdruck im Gesicht, als man ihn auf den Hof führte.

Ihr Vater musterte sie mit einem fragenden Blick. Sicher erwartete er, dass seine Tochter etwas sagte. Aber

Lavinia war sprachlos, etwas, das bei ihr nur sehr selten vorkam.
Erst einige Minuten später hatte sie sich ein wenig gefasst und war in der Lage, sich zu äußern.
„Er ... ist einfach ... wundervoll, Vater“, stammelte sie. „Vielen Dank! Ich habe noch niemals solch ein schönes Tier besessen. Darf ich ihn reiten?“
Als ihr Vater daraufhin zustimmend nickte, war Lavinia nicht mehr zu halten. Einer der Legionäre half ihr in den Sattel, und als schließlich auch die übrigen Männer zu Pferd saßen, trieb sie den Hengst sanft an.
Das stattliche Tier reagierte sofort, gehorchte leicht und willig ihren Anweisungen. So leicht, dass sie ein wenig übermütig wurde. Ohne weiter darüber nachzudenken, schnalzte sie mit der Zunge und presste dabei ihre Schenkel fest zusammen.
Ein leichtes Zittern ging durch den Hengst, er richtete seine Ohren auf, blieb einen kurzen Moment mit weit geblähten Nüstern völlig regungslos stehen, um dann unter lautem Wiehern loszugaloppieren. Er streckte seinen Hals, hob den Schweif und raste davon, geradewegs auf das zu dieser Tageszeit weit geöffnete Haupttor des Kastells zu.
Wenn niemand in der Lage war, ihn daran zu hindern, würde er mitsamt seiner Reiterin hindurchpreschen.

Und wer vermochte in diesem Fall schon vorherzusehen, was dann passieren konnte?

Bei allen Göttern, so helft mir doch!, dachte Lavinia und hielt sich krampfhaft an der Mähne und am Sattel fest. Sie riss an den Zügeln, versuchte, ein wenig Einfluss auf das Tier zu nehmen.

„So bleib doch endlich stehen!“, flüsterte sie verzweifelt und hoffte inständig, jetzt nur nicht den Halt zu verlieren und herunterzufallen. Doch das Tier schien sie gar nicht mehr wahrzunehmen.

Die Legionäre ihres Vaters reagierten schnell, jedoch nicht schnell genug, um das Pferd aufzuhalten. Einer von ihnen versuchte, nach den Zügeln des Tieres zu greifen, ein anderer, ihm den Weg abzuschneiden.

Aber der schwarze Hengst schien ähnliche Manöver zu kennen, denn er wich ihnen geschickt aus, ließ sich durch nichts und niemanden von seinem Ziel abbringen. Und er war dabei viel schneller, als alle anderen Pferde. So konnten die Soldaten nur noch hilflos zusehen, als der Hengst zu guter Letzt das Tor erreichte.

Auch Marcus Julius Severus, ihr Kommandant, war vor Schreck wie gelähmt und zu keiner Bewegung fähig. *Bei allen Göttern,* schoss es ihm durch den Kopf, *Lavinia! Warum habe ich ihr nur erlaubt, dieses Tier zu reiten? Was, wenn sie herunterfällt? Ich würde es mir nie verzeihen!*

Für einen kurzen Moment schloss er die Augen und betete, es möge doch noch ein Wunder geschehen.

Und wirklich, als er sie wieder öffnete, schienen die Götter ihn erhört zu haben, wenn auch in einer etwas ungewöhnlichen Art und Weise.
Denn es war ausgerechnet ein junger Sklave, der sich jetzt dem dahinpreschenden schwarzen Hengst entgegenstellte und ihm mit erhobenen Armen den Weg versperrte.
Doch anders, als es der Kommandant und mit ihm wahrscheinlich auch alle übrigen Zuschauer erwartet hatten, wurde der Junge keineswegs von den Hufen des Pferdes zertrampelt; nein, er schien, so empfanden es zumindest die vielen Beobachter des Geschehens, unter dem Schutz höherer Mächte zu stehen.
Denn als das große Tier ihn erblickte, verlangsamte es augenblicklich seinen Lauf und blieb schließlich erstaunt und mit gespitzten Ohren stehen. Vermutlich lauschte es den fremd klingenden Worten des jungen Barbaren.
Dass es sich bei dem jungen Sklaven um einen solchen handelte, konnte man sofort und ohne jeden Zweifel aus seiner typischen Kleidung, bestehend aus einer langen wollenen Hose und einem ebensolchen Hemd,

den blonden lockigen Haaren und der hellen Haut schließen.
Das Pferd leistete anschließend keinen Widerstand, war sanft und gefügig, als der Junge es am Zügel nahm und zu den immer noch ein wenig verwundert dreinblickenden Soldaten zurückführte.
Man half dem völlig verschreckten Mädchen umgehend aus dem Sattel und brachte es rasch zurück ins Haus. An einen Ausritt war nach diesem Ereignis nicht mehr zu denken.

*

Armin war gerade dabei gewesen, Holzscheite aufeinanderzustapeln, die für die Lagerfeuer der Wachen gedacht waren, welche das große Haupttor des Kastells sicherten.
Der Centurio verlangte von ihm, dass dies immer sehr ordentlich zu geschehen hatte, auch wenn der Sinn dieser Maßnahme für den Jungen nicht ersichtlich war. Bereits ein oder zwei Tage später würde der Holzvorrat aufgebraucht sein, und er musste sich erneut an die Arbeit machen. Das korrekte Aufeinanderschichten kostete immer viel Zeit und Mühe und war zudem eine sehr eintönige Tätigkeit.

Nun ja, solange man jemanden hat, der es für einen macht, dachte er missmutig. Seufzend griff er nach den nächsten beiden Holzstücken, die auf einem großen, ungeordneten Haufen lagen, der ihm fast bis zur Hüfte reichte. Die Legionäre des Kastells, die zum Holzmachen im nahen Wald gewesen waren, hatten ihn einfach dort hingeschüttet, den Rest der Arbeit überließen sie Armin.

Er wusste genau, was er tun musste, hatte es schon viele Male gemacht. Geschickt und beinahe mechanisch legte er Scheit auf Scheit. Er brauchte sich kaum darauf zu konzentrieren, und so hatte er die Gelegenheit genutzt, mit seinen Gedanken ein wenig abzuschweifen.

Er war vollkommen abwesend, weit weg in seiner Fantasie, als er plötzlich durch erregte, laute Rufe und das sich schnell nähernde Geräusch von Hufen auf festem Untergrund aus seinen Tagträumen gerissen wurde.

Der Junge reagierte sofort. Als er den großen schwarzen Hengst erblickte, der in diesem Augenblick direkt auf das Tor und damit auf ihn zuraste, zögerte er keine Sekunde.

Er stellte sich dem Tier, das mit hoch aufgerichtetem Schweif und aufgestellten Ohren auf ihn zu galoppierte direkt in den Weg, hob dabei seine Arme und begann, leise und freundlich mit ihm zu sprechen. Er tat dies nicht in der Sprache der Römer, die er inzwischen sehr wohl beherrschte, sondern in der Mundart seines Volkes. Das große Tier schien ihn genau zu verstehen, denn es verlangsamte jetzt seinen Lauf, um schließlich nur wenige Zentimeter vor ihm zum Stehen zu kommen.

„Ruhig mein Lieber, du bist ein gutes Pferd“, sprach Armin weiter auf es ein, als er die Zügel schließlich aufnahm. Beruhigend strich er über die weiche Nase und die breite Stirn des Hengstes. Auch als er das Pferd schließlich dorthin zurückbrachte, wo die Soldaten und der Kommandant des Kastells immer noch warteten, flüsterte er dem Tier schmeichelnde Worte ins Ohr; zutraulich und lammfromm folgte es ihm nach.

Als man schließlich der völlig verängstigten jungen Reiterin heruntergeholfen hatte, führte er den Hengst zurück in den Stall, sattelte ihn ab und rieb ihn mit Stroh sorgfältig trocken.

Erst als Armin absolut sicher war, dass es dem Tier an nichts mangelte, hatte er sich zurück zum Tor des Kastells begeben, um seine dort begonnene Arbeit zu beenden. Er wusste genau, der Centurio würde keine

Ausreden gelten lassen, sollte er seine Aufgaben vernachlässigen ...

Keiner der Soldaten hatte während des Vorfalls auch nur ein Wort zu ihm gesagt, keiner hatte versucht, sich ihm oder dem Hengst zu nähern. Armin wusste nicht einmal, ob das, was er zuvor getan hatte, von diesen Männern oder vom Kommandanten des Kastells, gutgeheißen wurde.
So konnte er auch nicht einschätzen, ob es etwas Gutes oder etwas Schlechtes bedeutete, als jetzt drei Legionäre der Wache direkt auf die Stelle zukamen, an der er gerade seine Arbeit beendet hatte.

„Komm, der Kommandant will dich sehen, Sklave!"
Keine weitere Erklärung, kein Hinweis darauf, was man von ihm wollte. Aber das war auch nicht nötig, denn er war nur ein Sklave. Sie brauchten ihm nichts zu erklären, und er durfte diesen Männern keine Fragen stellen, ihnen nicht widersprechen oder sich widersetzen.
Sollte er dies wagen, würden sie ihn mit großer Wahrscheinlichkeit dafür bestrafen. Also nickte er nur einmal kurz und folgte den Soldaten, die ihn in ihre Mitte nahmen und ihn dort hinüberführten, wo sich das

Praetorium des Kastells mit den Räumen des Befehlshabers befand.

Armin blieb nichts anderes übrig. Er musste mit ihnen gehen, auch wenn sein Herz vor Aufregung raste. *Bei allen Göttern*, fragte er sich angstvoll, *was wollen sie nur von mir? Was werden sie mit mir machen?*

*

„Das war sehr mutig von dir, ich möchte dir danken, Sklave!"

Als Armin die Worte des Kommandanten hörte, verbeugte er sich leicht, jedoch nicht so tief, wie es sich von einem Sklaven dem Offizier der Legionen gegenüber gehören würde.

Marcus Julius Severus äußerte sich nicht dazu, nahm den kleinen Ungehorsam jedoch mit einem leichten Stirnrunzeln zur Kenntnis.

Dieser junge Mann besitzt zweifellos Mut, dachte er bei sich, *allerdings ist er ein wenig aufsässig. Das sind sicher Eigenschaften, die einem Sklaven nicht gut zu Gesicht stehen. Doch am heutigen Tag hat gerade besagter Mut dazu geführt, dass Lavinia bei der ganzen Sache mit einem Schrecken davongekommen ist. Insofern*, überlegte er, *werde ich noch einmal darüber hinwegsehen. Ausnahmsweise!*

„Aber das ist es nicht“, fügte er anschließend hinzu, „weshalb ich dich eigentlich habe rufen lassen. Du weißt sehr wohl, dass es von meiner Seite keines Dankes bedarf, denn das, was du getan hast, war schließlich deine Pflicht!“

Das Gesicht des Jugendlichen zeigte auch jetzt keine Regung, sodass der Kommandant nach einer kurzen Pause fortfuhr.

„Nun, es handelt sich vielmehr darum ... du scheinst mit Pferden gut umgehen zu können, bist zudem fast im gleichen Alter wie auch meine Tochter.

Du wirst, ab sofort, unter meinem Dach leben, meine Pferde und die meiner Tochter versorgen und meinem Diener Lucius im Haus zur Hand gehen. Der Präfekt machte eine kurze Pause, ehe er weitersprach. „Außerdem wirst du meiner Tochter Gesellschaft leisten ... sofern sie es wünscht. Sie benötigt ein wenig Unterhaltung, jetzt, da sie hier ist. Alles ist neu für sie, sie muss sich erst an dieses Leben gewöhnen.“

Dann blickte er Armin direkt in die Augen. „Deine Aufgabe ist es auch, gut auf sie aufzupassen, falls meine Legionäre das nicht schaffen, so wie am heutigen Tag.

Sollte ihr irgendetwas zustoßen, dann ...“

Sein harter, bestimmender Blick, der Tonfall, in dem er Armin ansprach, all das deutete darauf hin, dass der Präfekt es gewohnt war, Befehle zu geben. Befehle, die keinen Widerspruch duldeten und unter keinen Umständen missachtet werden sollten.

Armin verstand genau, was der Kommandant andeutete. Es bedurfte keiner weiteren Erklärungen.

Wenn seiner Tochter etwas zustößt, dann wird man sofort mich dafür verantwortlich machen, dachte er bei sich. *Auf diese Erfahrung lege ich keinen Wert, aber ich kann es auch nicht ändern.*

So nickte Armin nur einmal kurz und äußerte sich mit keinem Wort dazu. Man erwartete dies auch nicht von ihm.

Marcus Julius Severus musterte den Jungen erneut mit einem forschenden Blick. Immer noch zeigte sich in dessen Gesicht dieser seltsame stolze Ausdruck, diese Mischung aus Aufsässigkeit und Mut, die er bereits zu Beginn bei ihm bemerkt hatte. Eine Tatsache, die ihn dazu veranlasste, noch etwas hinzuzufügen.

„Aber sieh dich vor! Vergiss nie, wer du bist ... was du bist ...“, verbessert der Präfekt sich schnell.

„Nutze deine Stellung nicht aus, benimm dich so, wie man es von einem Sklaven erwartet, dann wird es dir an nichts fehlen. Tust du es nicht, so trifft dich die

Härte des römischen Gesetzes. Du kannst jetzt gehen, mein Diener wird dir zeigen, wo du künftig schlafen wirst."

Mit diesen Worten war der junge Sklave entlassen und verließ, nachdem er eine leichte Verbeugung angedeutet hatte, den Raum des Kommandanten.

Dieser runzelte über den wiederholten Ungehorsam irritiert die Stirn.

Ich werde diesen Barbaren im Auge behalten, oder noch besser, meinen alten Diener Lucius anweisen, dies zu tun, überlegte er, als er ihm mit seinen Blicken bis zur Tür folgte.

Der Junge scheint sich mit seinem Schicksal noch nicht abgefunden zu haben, und solche Menschen sind gefährlich ... gefährlich für Rom und den Kaiser!

*

Ihr war heiß, und sie konnte nicht schlafen. Immer wieder wälzte Lavinia sich unruhig von einer auf die andere Seite und erlebte in Gedanken die Ereignisse vom Vormittag noch einmal.

Endlich hielt sie es nicht mehr aus, sie benötigte dringend frische Luft.

Sie bewegte sich so leise, dass keiner der anderen Menschen im Haus geweckt wurde und trat in den vom

Mondlicht erleuchteten Innenhof. Die Luft hier draußen war kühl und klar, der fast volle Mond tauchte die Gebäude des Kastells in ein helles weißes Licht, die Mauern ringsherum warfen dunkle Schatten.

Wie gut das tut!, dachte sie erleichtert, gleichzeitig spürte sie aber die leichte Kälte auf ihrer nackten Haut, als ein sanfter Windzug über den Hof strich.

Einige Minuten verharrte sie so, betrachtete versonnen den Nachthimmel mit seinen verschiedenen Sternbildern und verfolgte dabei, wie sich von Zeit zu Zeit kleinere Wolken vor den Mond schoben und dann wieder verschwanden. So friedlich wie an diesem Ort hatte sie noch nirgendwo eine Nacht erlebt. Nur ab und zu unterbrach der leise Ruf eines Nachtvogels die Stille.

„Uuu!“

Was war das? Erschrocken wandte sie sich um, als sie diesen ungewöhnlichen Laut direkt in ihrer Nähe vernahm.

„U-uu-uu!“ Jetzt klang es beinahe so, als riefe sie derjenige, der diese Laute von sich gab.

Ein kalter Schauer lief ihr den Rücken herunter, so unheimlich war es. *Geister?*, dachte sie verängstigt, *könnten das die Geister sein, von denen mir Cornelia früher oftmals erzählt hat? Dass die Nacht viele Geheimnisse birgt und, dass man sich vorsehen musste?* Lavinia spürte, wie sich auf ihren Armen eine Gänsehaut bildete, noch einmal lief es ihr eiskalt über den Rücken, und sie begann leicht zu zittern.

„U-uu-uu-uuuu!"

Am liebsten wäre sie jetzt geradewegs ins Haus zurückgelaufen, beinahe hätte sie es auch getan, wäre ihr nicht im gleichen Augenblick der großen Schatten aufgefallen, der sich vor der hellen Wand einer Nische im Mauerwerk deutlich abhob. Sie lächelte ein wenig verlegen. *Was bin ich doch für ein Angsthase!,* dachte sie bei sich, *es sind nicht die Geister, die mich hier narren, sondern nur ein harmloser Vogel!*

Die riesige Eule jedenfalls, die sich dort niedergelassen hatte und sie jetzt unverwandt aus ihren eindrucksvollen orangefarbenen Augen betrachtete, zeigte ihr gegenüber bedeutend weniger Furcht. Sie wirkte eher etwas verwundert, musterte Lavinia eingehend, wobei sie ihren Kopf ab und zu etwas drehte, wahrscheinlich, um genauer sehen zu können.

„Wer bist du denn? Was willst du hier?"

Lavinia näherte sich dem großen Vogel vorsichtig, um ihn nicht zu verschrecken. Doch dieser schien nicht weiter beunruhigt, ließ sie dicht an sich herankommen, ohne jedoch den Blick abzuwenden.

Lavinia hielt den Atem an, so aufgeregt war sie. Die Eule war wunderschön, ein prachtvoller Vogel mit einer interessanten Zeichnung auf dem Gefieder und zudem sehr groß. Noch nie hatte sie ein solches Tier aus der Nähe betrachtet.

„Du bist wirklich ein toller Kerl“, sagte sie begeistert. „Wohnst du hier? Wenn ja, müsste man dir eigentlich einen Namen geben, ich werde mal darüber nachdenken, was meinst du dazu?“

*

„*Er* heißt Oda, und ist eine Sie!“

Die Stimme ließ Lavinia zusammenzucken. Sie hatte angenommen, alleine zu sein. Der Mond stand inzwischen hoch am Himmel, es musste jetzt mitten in der Nacht sein.

Eine Zeit, zu der gewöhnlich alle schliefen, sah man einmal von den Wachen des Kastells ab, die ihre Aufgaben wahrnehmen mussten.

Langsam drehte sie sich um. Neugierig und ein wenig ängstlich zugleich musterte sie die Gestalt, die jetzt in der Türöffnung hinter ihr stand.

Das blonde Haar des Jungen glänzte im Mondlicht golden, verlieh ihm ein geheimnisvolles Aussehen ... beinahe, als wäre er ein junger Gott!

Aber nein! Lavinia schüttelte noch im selben Moment den Kopf. *Welch seltsamer Gedanke,* dachte sie bei sich. Erst als sie genauer hinsah, erkannte sie den Jungen vom Morgen wieder. Jenen Jungen, der den Hengst daran gehindert hatte, mit ihr davonzurasen. *Der mir damit vielleicht sogar das Leben gerettet hat!,* schoss es ihr unwillkürlich durch den Kopf. *Wie hat Cornelia, meine Dienerin, ihn doch gleich bezeichnet?*

Ach ja, den Barbaren nannte sie ihn! Sie hatte erwähnt, er sei einer dieser Barbaren aus dem Norden!

Er war nichts weiter als ein Diener, wenn man es genau nahm, dann war er nicht einmal das!

Streng genommen war er vielmehr ein Nichts, eine Sache: ein Sklave!

Zumindest niemand, den sie beachten musste. Sie war nicht einmal verpflichtet, ihm zuzuhören, wenn er etwas sagte. *Aber ich tue es dennoch,* stellte sie ein wenig verwundert fest.

Seine Stimme ist mir sogar sehr angenehm, auch wenn er bisher nur wenige Worte gesprochen hat. Welch ein seltsamer Klang und diese ungewöhnliche Betonung des Lateinischen ...

Sie lächelte bei diesem Gedanken, wollte gerade eine freundliche Bemerkung darüber machen, da kam ihr der Junge zuvor. Diesmal waren seine Worte jedoch weniger nett und wohlklingend, eher im Gegenteil. Und Lavinias Lächeln erstarrte, als sie diese vernahm.

„Wie dumm muss man eigentlich sein, um so etwas nicht zu bemerken? Ihr Römer meint doch immer, dass ihr so schrecklich gebildet seid, dass ihr alles besser wisst, als andere Völker!

Und dann hat man dir nicht einmal beigebracht, wie man einen männlichen Uhu von einem weiblichen unterscheidet. Pah! Das habe ich schon als kleines Kind gewusst ..."

Mit dieser abfälligen Bemerkung wollte er sich gerade von ihr abwenden, um sich dem großen Vogel zu widmen, als Lavinia ihm in den Weg trat.

Der Junge war mindestens einen Kopf größer und bestimmt um einiges kräftiger als sie, dennoch kannte sie in diesem Augenblick keine Furcht. Sie war ganz einfach wütend, geradezu empört!

Ihre Stimme überschlug sich und klang lauter, als sie es zunächst beabsichtigt hatte.

„Wie kannst du es wagen?“, entrüstete sie sich. „Du vergisst wohl, wer ich bin? Du hast wohl vergessen, wer du bist?“

Lavinias Gesichtsausdruck, ihre gesamte Körperhaltung ließen keinen Zweifel daran aufkommen, wie sehr erregt sie war. Sie ballte ihre zierlichen Hände zu Fäusten, sah mit großen, wütend funkelnden Augen zu ihm herauf. Armin hielt in seiner Bewegung inne, um sich ihr zuzuwenden, blieb dann nur etwa zwei Meter von ihr entfernt stehen und blickte sie stumm und etwas verwundert an. Vielleicht hatte er diesem zarten Geschöpf einen solchen Ausbruch nicht zugetraut.

Aber er senkte nicht den Blick, wie es für einen Sklaven in dieser Situation wohl angebracht gewesen wäre. Nein, ganz im Gegenteil!

Armin richtete sich sehr gerade auf, wirkte dabei sogar noch etwas größer, als er es ohnehin bereits war und schaute dem Mädchen direkt in die Augen. Dabei presste er seine Lippen fest aufeinander, hob sein Kinn ein wenig und wartete scheinbar ruhig ab, was nun kommen würde.

Lavinia bebte förmlich vor Erregung. Stets war man ihr mit Unterwürfigkeit begegnet, ihre Eltern hatten ihr jeden ihrer Wünsche, sofern ihnen dies möglich war, erfüllt. Mit dieser Situation fühlte sie sich eindeutig überfordert.

So etwas ist mir in meinem ganzen bisherigen Leben noch nicht passiert!, dachte sie empört. *Es ist einfach unglaublich, dreist und ungehörig.*

Nein! Nie hat jemand auch nur gewagt, in dieser Weise mit mir zu sprechen. Nie hat sich irgendeiner der Diener erdreistet, mir auf solch herausfordernde Art in die Augen zu sehen. Und er tut es einfach!

Ein leichtes Zittern durchlief ihren gesamten Körper, als sie über diese Ungeheuerlichkeit nachdachte.

Der Blick des Jungen traf den Ihren. Es waren tiefblaue Augen, die in diesem Moment in ihre Seele zu blicken schienen. Lavinia war nicht einmal in der Lage, ihm auszuweichen.

Einen kurzen Moment lang blieben sie so voreinander stehen, musterten sich unverwandt mit gegenseitigen Blicken. Jeder von ihnen wartete darauf, dass der andere etwas tat oder sagte.

Schließlich war Lavinia die Erste, die sich fasste.

„Dafür könnte ich dich auspeitschen lassen, Sklave!“, stellte sie mit einer gewissen Schärfe in der Stimme fest.

Gerade noch rechtzeitig war Lavinia bewusst geworden, was man von ihr erwartete. Was ihr Vater von ihr erwarten würde.

Sie war die Herrin! In genau diesem Augenblick, erinnerte sie sich wieder an ihre Stellung und an die Macht, die damit verbunden war. So bemühte sie sich jetzt, dies auch durch ihre Haltung zum Ausdruck zu bringen.

Und natürlich durch den kalten, abschätzenden Blick, mit dem sie ihn bedachte. *Er soll sich ruhig darüber im Klaren sein, dass ich es tun könnte ...*, dachte sie. Der Junge jedoch blieb regungslos stehen und wartete ab, was nun folgen würde.

Es muss ihm doch bewusst sein, dass ich die Macht besitze?, fragte sich Lavinia irritiert. Das Verhalten des Jungen verunsicherte sie mehr und mehr.

Immer noch rührte der Sklave sich nicht, ließ auch durch keine noch so kleine Regung seines Gesichts erkennen, was er von Lavinias Drohung hielt.

Lavinia schnappte nach Luft. Zunächst war sie sprachlos.

Unfassbar!, wunderte sie sich. *Jeder andere an seiner Stelle hätte sich spätestens jetzt auf die Knie fallen lassen und um Gnade gefleht.*

Er jedoch schien von solchen Dingen nichts zu halten. Ja sie hatte sogar den Eindruck, dass er sich in diesem Moment noch ein wenig höher aufrichtete, seinen Kopf jetzt stolz erhoben trug. Zumindest wirkte er keineswegs eingeschüchtert oder unterwürfig.

Er benimmt sich ganz anders, als alle anderen Sklaven, die ich bisher kennengelernt habe, schoss es ihr durch den Kopf.

Sein Verhalten ist beeindruckt und wirklich mutig. Unmerklich schüttelte sie den Kopf, um diesen Gedanken schnell wieder zu verdrängen. *Nein, so etwas kann ich nicht billigen. Darf ich nicht billigen! Nicht, wenn ich mich an meine Stellung erinnere, die ich in diesem Haushalt inne habe. Und in der Gesellschaft!*

Sicher, es erfordert eine gehörige Portion Mut, sich seiner Herrin gegenüber aufzulehnen, aber es zeugt wahrlich nicht von Klugheit. Roms Gesetze kennen nur wenig Gnade gegenüber aufsässigen Sklaven!

Sie musste eine Entscheidung treffen. Jetzt! Diesen Ungehorsam konnte sie ihm nicht einfach durchgehen lassen ...

*

„Ist alles in Ordnung, Herrin?"

Lavinia schrak ein wenig zusammen, als sie in diesem Moment angesprochen wurde. Die Stimme riss sie unvermittelt aus ihren Gedanken.

Ihre ganze Aufmerksamkeit hatte sie auf den Jungen gerichtet und überhaupt nicht bemerkt, dass Lucius den Hof betreten hatte. Nun stand er hinter ihr, einen warmen Überwurf in den Händen und schien besorgt wie immer.

Fürsorglich legte er seiner Herrin den wollenen Mantel um die schmalen Schultern, dann blickte er sie forschend an.

„Hat der Junge Euch vielleicht gestört? Gab es Ärger? Ich vernahm laute Stimmen und wollte nachsehen, ob es Probleme gibt! Wenn es nötig ist, rufe ich die Wachen, damit sie sich darum kümmern."

Lavinia, immer noch ein wenig durcheinander, wusste nicht recht, was sie dazu sagen sollte.

Das sonderbare Verhalten des Jungen irritierte sie, seine stolze Haltung, seine Unbeugsamkeit. All das konnte sie nicht einordnen.

Ich habe keine Ahnung, wie lange Lucius bereits zugehört hat, fiel ihr mit Schrecken ein. *Wenn er nun schon länger dort gestanden hat, was dann? Wenn er meine Worte gehört hat und meine Drohung dem Jungen gegenüber...*

So vermochte Lavinia dem alten Diener ihres Vaters auch nicht sofort zu antworten.

Was soll ich nur tun, überlegte sie verzweifelt, *ich habe dem Jungen eine Bestrafung angedroht, eine grausame Bestrafung sogar. Aber bringe ich es wirklich fertig, ihn an die Legionäre auszuliefern? Er kann doch nicht viel älter sein als ich selbst ... und ich stehe tief in seiner Schuld!*

Natürlich hatte Lavinia bisher keine Erfahrungen mit den Soldaten Roms gesammelt, wenigstens nicht in dieser Beziehung, aber ihr war wohl bewusst, dass diese Männer in solch einem Fall keine Gnade walten ließen. Aufsässige Sklaven durften kein Erbarmen erwarten ... denn solche Dinge stellten alles in Frage; das Reich, die Gesetze Roms und den Kaiser!

So dauerte es zunächst eine Weile, bis sie ihre Gedanken sortiert hatte. Noch einmal streifte ihr Blick den jungen Sklaven, der sich bislang nicht von der Stelle gerührt hatte, dann schüttelte sie kurz den Kopf und wandte sich Lucius zu.

„Nein, Lucius, nein“, erklärte sie. „Es ist alles in Ordnung, es war nichts. Du kannst ruhig wieder nach drinnen gehen. Ich konnte nicht schlafen und brauchte nur ein wenig frische Luft nach den Ereignissen dieses Tages. Ich werde mich jetzt ebenfalls zur Ruhe begeben, es war ein aufregender Tag."

Sie bemerkte, wie der alte Mann ein wenig zögerte, deshalb fügte sie rasch hinzu: „Geh nur, ich komme wirklich alleine zurecht!"

Lucius schien sich mit dieser Aussage zufriedenzugeben, warf allerdings, bevor er sich auf den Weg machte, einen sehr nachdenklichen Blick in Richtung des jungen Sklaven. Im Gehen nickte er Lavinia noch einmal kurz zu, um schließlich ebenso lautlos im Inneren des Hauses zu verschwinden, wie er zuvor gekommen war. Erneut war Lavinia mit dem fremden Jungen alleine, noch immer stand dieser regungslos, kaum zwei Meter entfernt, neben ihr.

Als sie ihn jetzt wieder anblickte, fiel ihr auf, dass er sie mit einem merkwürdigen Ausdruck im Gesicht musterte. Fast wirkte er ein wenig überrascht. Allem Anschein nach konnte der Junge nicht so recht glauben, was Lavinia gerade eben für ihn getan hatte. Schließlich nickte er leicht mit dem Kopf.

„Danke!"

Das war alles, was er sagte. So leise hatte er dieses Wort gehaucht, dass Lavinia zuerst annahm, sie habe sich vielleicht getäuscht.

Doch dann schenkte er ihr ein schüchternes Lächeln, nickte ihr noch einmal zu und war im nächsten Moment in einem der angrenzenden Gebäude, einem kleinen Stall, den man bislang als Lagerraum genutzt hatte, verschwunden.

Ich habe mich also nicht getäuscht!, freute sie sich. Mit einem Mal wurde ihr ganz warm, ihre Arme begannen leicht zu kribbeln, und dann musste Lavinia ebenfalls lächeln. Nun war sie sich ganz sicher.

Ich habe die richtige Entscheidung getroffen, dachte sie, *auch wenn es vielleicht nicht die ist, die Vater gutheißen würde, oder Rom ...*

Bevor auch Lavinia schließlich in ihr Schlafgemach zurückkehrte, schaute sie noch einmal dorthin, wo sie die große Eule zuerst gesehen hatte. Im hellen Licht des Mondes konnte sie erkennen, dass die Nische jetzt leer war.

Oda würde die Nacht sicher nutzen, um sich eine Mahlzeit zu suchen, so wie es ihre Art seit Urzeiten tat.

Irgendwann muss ich ihn einmal fragen, wie er dazu kam, ihr einen Namen zu geben und auch, welche Bedeutung dieser hat, überlegte sie. Lavinia konnte es sich nicht recht erklären, doch dieser fremde Barbar hatte ihr Interesse geweckt.

*

In dieser Nacht lag Armin noch lange wach. Er grübelte über all die Dinge nach, die heute geschehen waren, vor allem aber über seine Begegnung mit dem fremden Mädchen.

Eigentlich war er nur auf den Hof gekommen, um nach Oda zu sehen. Er war sich nicht sicher gewesen, ob sie dort überhaupt sein würde, denn schließlich konnte sie ja nicht wissen, dass er nun hier lebte. Bisher hatten die beiden sich immer an einem anderen Ort getroffen.

Und dann war da plötzlich dieses Mädchen! Sie stand einfach da, im silbernen Mondlicht ...

Unwirklich ... und wunderschön!

Armin rief sich noch einmal jede Kleinigkeit ins Gedächtnis zurück. Lavinias zarte Gestalt, gehüllt in kostbare Gewänder, war ihm vorgekommen wie ein Trugbild, wie eine Erscheinung aus einer anderen Welt.

Er hatte den Klang ihre Stimme gehört, ihre Worte, die für jemanden bestimmt waren, den er zunächst nicht sehen konnte. Dabei war ihr Blick in die Dunkelheit gerichtet.

Oda! Armin lachte leise. *Sie ist wirklich weise! Wie sonst hätte sie wohl wissen können, wo sie mich finden würde? Nun ja, zuerst einmal hat ja dieses Mädchen Oda entdeckt.*

Sie wirkte ganz schön erschrocken, als ich sie schließlich ansprach, überlegte er. *Natürlich, so tief in der Nacht war sie sicherlich überrascht, jemanden dort anzutreffen ...*

Wie sollte sie auch ahnen, dass ich häufiger des Nachts unterwegs bin ... zur einzigen Zeit, in der ich wenigstens die Illusion habe, frei zu sein. Zumindest weist man mir in diesen Stunden gewöhnlich keine Aufgaben zu.

Und dieses Mädchen, die Tochter des Kommandanten, wie Armin vermutete, *sie ist wirklich etwas Besonderes.*

Diese junge Römerin schien nichts gegen ihn zu haben, hatte eher neugierig gewirkt und ihm sogar ein leichtes Lächeln geschenkt. Zudem war sie außergewöhnlich schön. Bisher war Armin dergleichen bei einem Mädchen nie aufgefallen. Eine Erkenntnis also, die völlig neu für ihn war und die ihn für einen Moment ein wenig sprachlos hatte werden lassen. Zunächst! Dann aber hatte er zu ihr gesprochen und damit den Zauber dieses ersten Augenblicks zerstört!

Warum bin ich nur so unglaublich dumm gewesen? Armin schüttelte ärgerlich den Kopf.

Ich könnte mich selbst dafür ohrfeigen.

Wieso habe ich mich bloß über sie lustig gemacht und sie absichtlich mit meinen frechen Worten und meinem aufsässigen Verhalten verletzt und gekränkt?
Ich hatte doch überhaupt keinen Grund dafür! Schließlich ist es nicht ihre Schuld, dass ich ... Armin seufzte. *Nein, für all das kann sie überhaupt nichts.*
Seine aufsässige, provokante Art musste sie verwirrt haben, das wurde ihm erst jetzt richtig bewusst, aber auch, welch gefährliches Spiel er spielte.
Kein Wunder, dass sie wütend wurde!, überlegte er. *Letztlich hat sie sich nicht anders zu helfen gewusst, als mir zu drohen!*
Wäre der alte Diener nur einen Moment früher hinzugekommen oder an seiner Stelle eine der Wachen oder gar der Kommandant selbst, dann ..!
Der Junge hatte deutlich von ihrem Gesicht ablesen können, dass sie ebenfalls mit diesem Gedanken spielte. *Trotzdem hat sie mich nicht verraten*, dachte Armin. Und er rechnete ihr das hoch an, auch wenn er nicht wirklich verstand, wieso sie es getan hatte.
Vielleicht, so schoss ihm plötzlich ein Gedanke durch den Kopf, *vielleicht wäre es sogar möglich, dass sie mich mag!*
Doch Armin verwarf diese Idee sofort wieder.
Nein, nein, das ist unmöglich! In ihren Augen bin ich ja doch nur ein Sklave, ein Barbar, sie hingegen ist eine hochgestellte Römerin und die Tochter des Kommandanten, meines Herrn;

des Mannes, der darüber entscheiden kann, ob ich leben darf oder sterben muss ...
Und unsere Völker sind verfeindet. Nun ja, zumindest leben sie nicht in Frieden und Eintracht miteinander, auch wenn im Moment eine Art Waffenstillstand herrscht, bei dem mir selbst eine gewichtige Rolle zukommt.
Nein, wahrscheinlich ist dieser Gedanke wirklich zu abwegig.
Trotzdem wünschte sich Armin, dieses Mädchen näher kennenzulernen ...

*

„Er gehört dir!"
Lavinia verstand nicht recht, ihr Vater sprach an diesem Morgen in Rätseln. Außer ihm, ihr selbst und dem jungen Barbaren, der damit beschäftigt war, das Laub auf dem Hof zusammenzufegen, befand sich niemand in der Nähe.
„Wer, Vater? Wer gehört mir?"
Suchend blickte Lavinia sich um. Nein, da war nichts.
Aber Marcus Julius Severus schien nicht weiter darauf eingehen zu wollen. Mit einer kurzen Kopfbewegung deutete er nur in Richtung des Jungen, der inzwischen seine Arbeit beendet hatte, und, da er seinem Herrn nicht in den Weg treten wollte, in einer Ecke des Hofes stehen geblieben war und ruhig abwartete.

Lavinia begriff noch immer nicht, hilflos zuckte sie mit den Schultern und sah ihren Vater dabei fragend an. Dieser seufzte einmal leise, bevor er sich letztlich doch zu einer kurzen Erklärung entschloss.

„Der junge Barbar, Lavinia. Er gehört dir. Ab jetzt ist er dein Eigentum. Verfüge über ihn, wie du es für richtig hältst."

Mit diesen Worten wollte er sich bereits abwenden, da fiel ihm noch etwas ein.

„Aber, Lavinia, denke immer daran, dass man seine Sklaven nicht zu nachgiebig behandeln sollte. Man muss ihnen stets zeigen, wer das Sagen hat. Sonst werden sie recht schnell übermütig.

Du, meine Tochter, bist jetzt die Herrin des Hauses. Sieh zu, dass auch ihm diese Tatsache immer bewusst ist!"

Ein letztes Mal nickte er seiner Tochter grüßend zu, dann verließ er, ohne den Jungen eines Blickes zu würdigen, den Hof, um zur Kommandantur herüberzugehen. Seine Arbeit erwartete ihn.

Lavinia schaute ein wenig verlegen auf den Jungen, der noch immer in der Ecke des Hofes wartete. Dann räusperte sie sich leise.

„Du hast gehört, was mein Vater gerade gesagt hat. Wenn du mit deiner Arbeit hier fertig bist, kannst du Lucius fragen, ob er weitere Aufgaben für dich hat.
Er regelt alle Dinge, die dieses Haus betreffen. Später will ich ausreiten. Kümmere dich also darum, dass alles bereit ist. Du darfst jetzt gehen!“
Er antwortete ihr nicht, nickte aber einmal kurz und deutete dann eine leichte Verbeugung an. Gerade wollte er sich auf den Weg machen, als Lavinia noch etwas einfiel.
„Wie heißt du eigentlich?“, fragte sie ihn. „Ich meine, dein Name? Wie lautet dein Name?“
Armin wunderte sich darüber, dass sie ihm diese Frage stellte. Bisher hatte sich noch keiner seiner Herren je dafür interessiert.
Deshalb zögerte er für einen kurzen Moment, außerdem irritierte ihn plötzlich das unangenehme Gefühl, sein Mund sei vollkommen trocken. *Sie verunsichert mich*, dachte er und versuchte, die lästige Trockenheit durch mehrfaches Schlucken zu bekämpfen.
„Armin ...!“, brachte er schließlich mühsam hervor, blickte jedoch dem Mädchen dabei direkt in die Augen. Daraufhin nickte Lavinia und gab ihm mit einer Geste zu verstehen, er dürfe nun gehen.

Wieder deutete Armin seine Verbeugung nur knapp an. Dann verschwand er rasch in Richtung des Pferdestalls.

Lavinia blickte ihm sehr nachdenklich und deutlich länger als nötig hinterher, dabei strich sie beinah unbewusst eine Strähne ihrer langen dunklen Haare aus dem Gesicht.

Dieser junge Sklave, überlegte sie, *scheint tatsächlich ein wenig aufsässig zu sein, das ist mir schon vergangene Nacht aufgefallen. Solcher Eigensinn wird bei Dienstboten nicht besonders gerne gesehen. Ob Vater wohl davon weiß?*

Zumindest war Lavinia sich sicher, dass er ein solches Verhalten nicht dulden würde. *Eigentlich kann kein Herr so etwas durchgehen lassen*, dachte sie fast ein wenig besorgt. *Sollte der Junge sich nicht besinnen, wird er sich bestimmt bald Ärger einhandeln ...*

*

Der wunderschöne, milde Tag war wie dafür gemacht, auszureiten und die Gegend zu erkunden. Die Sonne strahlte von einem wolkenlosen tiefblauen Himmel herunter, und so war Lavinia bester Laune, als sie gegen Mittag bei den Stallungen eintraf.

Wie sie es Armin aufgetragen hatte, war ihr schwarzer Hengst bereits gesattelt, zusätzlich hatte man jedoch zwei weitere Pferde an einer Stange vor dem Stall festgebunden.

Soldatenpferde, wunderte sich Lavinia, was sie anhand der Sättel und des Zaumzeugs, welches die Reiterei ihres Vaters benutzte, schnell erkennen konnte. Doch die Erklärung hierfür ließ nicht lange auf sich warten, denn genau in diesem Augenblick traten zwei Legionäre aus dem Schatten des Gebäudes und kamen direkt auf Lavinia zu. Bekleidet mit glänzenden Brustpanzern und voll bewaffnet, blieben sie nur wenige Meter vor ihr stehen und nahmen Haltung an und ihre Helme vom Kopf. Dann verbeugten sie sich ehrerbietig vor ihr.

„Herrin, Euer Vater schickt uns“, richtete einer der beiden das Wort an Lavinia. „Wir werden uns, so wie es sein Wunsch ist, in Zukunft um Eure Sicherheit kümmern, immer dann, wenn Ihr das Kastell verlassen wollt.

Mein Name ist Quintus, mein Freund hier nennt sich Octavius. Euer Sklave hat uns vorhin mitgeteilt, dass Ihr den Wunsch geäußert habt, auszureiten. Wir stehen zu Eurer Verfügung. Der Junge hat alles bereit gemacht.“

Lavinia war ein wenig überrascht. Davon hatte ihr der Vater nichts gesagt. Und eigentlich legte sie auch keinen besonderen Wert darauf, von Soldaten begleitet zu werden. Sie musterte die beiden Männer von Kopf bis Fuß.

Jeder von ihnen trug ein Schwert am Gürtel, eine Lanze in der Hand. Sie erkannte das Schwert sofort als typisches Spatha der Reiterei, welches etwas länger gearbeitet war, als das kurze Gladius der Fußtruppen. Auch ihr Vater besaß gleich mehrere dieser Waffen, deren glänzende Klingen und reich verzierte Griffe sie schon als Kind immer bewundert hatte. Allerdings handelte es sich hierbei um die übliche Ausrüstung, beabsichtigte man, in einen Kampf zu ziehen. Lavinia jedoch wollte lediglich einen Ausritt in der Umgebung des Kastells machen.

Sogar auf den viel befahrenen Straßen Roms, die nicht immer ungefährlich waren, war Lavinia bisher stets ohne bewaffneten Schutz ausgekommen. Außerdem hatte sie ja nicht vor, nach Norden, ins Land der Barbaren zu reisen, sondern wollte nur ein wenig die Umgebung erkunden. *Nein*, ärgerte sie sich, *auf diese Art von Begleitung kann ich wirklich verzichten!*

Schließlich bin ich kein kleines Mädchen mehr.

Noch heute Abend werde ich mit Vater darüber reden. Zumindest hätte er mir vorher Bescheid sagen können.

So reagierte Lavinia dann auch ziemlich abweisend auf die Ankündigung des Legionärs.

„Mein Vater hat es sicher gut gemeint", entgegnete sie ihm, „aber ich denke, dass ich keinen weiteren Schutz benötigen werde. Ich habe ja Armin ..."

Als sie den fragenden Ausdruck bemerkte, der sich jetzt im Gesicht des Soldaten zeigte, fügte sie rasch erklärend hinzu: „Ich meine den Sklaven ..."

Ohne abzuwarten, was die Legionäre hierzu sagen würden, gab sie Armin einen Wink und ließ sich von ihm aufs Pferd helfen. Dann wartete sie ab, bis er ebenfalls mit einem der Tiere ihres Vaters aus dem Stall kam.

Gerade in dem Moment, als Armin aufsteigen wollte, trat Quintus einige Schritte vor und stellte sich dem Jungen in den Weg. Er riss ihm grob die Zügel aus der Hand und wies ihn anschließend scharf zurecht.

„*Du* wirst das Kastell ganz bestimmt nicht verlassen, Sklave! Dir ist es nicht erlaubt, das solltest du eigentlich wissen."

Wortlos ließ Armin den Mann gewähren. Sein Gesicht zeigte keinerlei Regung, als er sich mit einem Schulterzucken umwandte. Ihm blieb ohnehin nichts anderes übrig, als still und abwartend neben dem Tier stehen zu bleiben. *Gegen die Legionäre kann ich gar nichts machen*, dachte er resigniert. In diesem Moment wurde ihm wieder einmal nur allzu deutlich klar, dass er an diesem Ort keine Rechte besaß. Etwas, das er immer noch nicht akzeptieren konnte und wollte ...

Lavinia war fassungslos! *Wie können diese Kerle es nur wagen?*, dachte sie empört. *Wer gibt ihnen das Recht, sich so aufzuspielen?* In Rom war es absolut üblich gewesen, dass ihre Sklaven sie begleiteten; zum Einkauf, ins Theater oder wenn Lavinia ihre Freundinnen besuchte. Nun aber überkamen sie Zweifel.

Ob das, was der Soldat da gesagt hat, wirklich stimmt?, überlegte sie. *Darf Armin das Kastell tatsächlich nicht verlassen? Und wenn ja, weshalb? Was spricht eigentlich dagegen?*

Trotz ihrer Bedenken holte Lavinia einmal tief Luft, dann war sie es, die den Legionär zurechtwies.

„Mein Vater hat ihn mir geschenkt, Quintus“, erklärte sie, darum bemüht, ihrer Stimme einen strengen Unterton zu verleihen. „Er hat gesagt, dass ich über ihn verfügen darf, wie ich es für richtig halte. Und deshalb wird er mich heute begleiten. Habt ihr das verstanden?“

Sie warf dem Mann einen Blick zu, der keinen Widerspruch duldete, und da sie es vom Rücken ihres Hengstes herab tat, verfehlte er auch seine Wirkung nicht. Quintus jedenfalls schien in der Tat ein wenig kleinlaut, als er Lavinia antwortete.

„Herrin, bitte! Wir sind auf Befehl Eures Vaters hier. Wir müssen diesen ausführen, sonst werden wir bestraft ... ganz davon abgesehen, dass er wahrscheinlich wenig begeistert wäre, wenn ihr alleine ausreitet. Also bitte, lasst uns jetzt einfach aufbrechen. Und dieser Junge, Herrin, bedenkt, er ist nur ein Sklave!

Sicherlich stellt es ein gewisses Risiko dar, einen Kriegsgefangenen mitzunehmen. Schließlich könnte er die gute Gelegenheit nutzen und davonlaufen. Ich rate Euch sehr, ihn hierzulassen."

Lavinia hörte sich all das, was der Mann vorbrachte, an, blickte erst zu den beiden Legionären, anschließend zu Armin herüber. Ein wenig verunsichert war sie jetzt doch.

Ob es wirklich richtig ist, darauf zu bestehen?, grübelte sie. *Wenn die Soldaten nun doch Recht behalten und Armin versucht zu fliehen. Was dann? Wie soll ich das Vater erklären? Aber nein! Warum sollte er das tun? Es fehlt ihm doch an nichts, er hat keinen Grund ...*

Zudem legte das Mädchen keinen besonderen Wert darauf, ohne Armins Begleitung und nur mit den beiden Legionären auszureiten.

Also nickte Lavinia kurz, versuchte dabei eine möglichst unbeteiligte Miene aufzusetzen und bemühte sich, in einer Weise aufzutreten, wie es sich für eine römische Dame Untergebenen gegenüber gehörte. In einem ziemlich überheblich klingenden Tonfall antwortete sie den Legionären: „Nun gut, reiten wir also so, wie mein Vater es wünscht. Ihr begleitet mich ... und der Sklave kommt ebenfalls mit. Und wenn ihr ihm nicht traut, so dürfte es zwei Soldaten wie euch doch nicht sonderlich schwerfallen, einen Sklaven daran zu hindern, wegzulaufen, oder?
Also los jetzt, sonst stehen wir noch hier, wenn es bereits dunkel wird.“

*

Auch wenn sie die beiden Legionäre lieber nicht dabeigehabt hätte, so genoss Lavinia den Ausritt durch den herbstlichen Wald dennoch. Rasch hatten sie das vorgelagerte Dorf mit seinen kleinen Höfen, den Händlern und den Werkstätten der dort ansässigen

Handwerker hinter sich gelassen und hielten auf den nahen Wald zu.

Das bunte Laub der Bäume bildete einen wunderschönen Kontrast zum Blau des Himmels, ein milder, fast sommerlich warmer Wind strich über ihre Haut, und Armin, der direkt neben ihr ritt, wies sie auf alle möglichen Dinge hin, die man in der Umgebung entdecken konnte. Er war ein guter Beobachter und wusste auf fast alle Fragen Lavinias eine Antwort. Seine anfängliche Zurückhaltung ihr gegenüber hatte Armin beinahe abgelegt.

„Schau nur, dort drüben ...!" Bei diesem Ausruf deutete er auf eine Stelle am Waldrand, an der sich in diesem Augenblick einige Rehe zeigten. Allerdings sollte dieses Gastspiel nur von kurzer Dauer sein, denn kaum hatten die scheuen Tiere die Reiter gewittert, waren sie auch schon verschwunden. Lavinia hatte sie dennoch gesehen und lächelte. *Es ist einfach schön, hier draußen zu sein*, dachte sie glücklich, *viel besser als innerhalb der engen Mauern des Kastells. Weit entfernt vom geschäftigen Treiben und dem Lärm der vielen Menschen. Hier verspürt man eine Freiheit, die man dort nie empfinden würde ...*

Genau in diesem Augenblick fielen ihr wieder die mahnenden Worte des Legionärs ein. *Ob Armin wohl genauso denkt?* Mit einem raschen Seitenblick vergewisserte sie sich, dass er immer noch direkt neben ihr war. Erleichtert atmete sie schließlich auf, als sie auch auf seinem Gesicht einen überaus zufriedenen Ausdruck wahrnahm. *Nein,* sie schüttelte kurz den Kopf, um diesen Gedanken loszuwerden, *nein, wieso sollte er versuchen zu fliehen ...?* Wenigstens in diesem Moment, da war Lavinia sich ganz sicher, verschwendete Armin keinen Gedanken an eine Flucht.

„Ist etwas?" Der Junge betrachtete das Mädchen jetzt ebenfalls mit einem fragenden Blick von der Seite.

„Wieso schüttelst du den Kopf? Gefällt dir unser Ausflug nicht oder ist es etwas anderes? Ist dir vielleicht zu kalt?"

Aber Lavinia lächelte nur und trieb ihren Hengst dann zu einer etwas schnelleren Gangart an, ohne auf Armins Frage zu antworten.

Mädchen sind halt von Zeit zu Zeit etwas merkwürdig, überlegte er, *ich glaube, bei meinen Schwestern war es ähnlich ... wenn das auch schon lange her ist, ich erinnere mich kaum noch an sie ...*

Er seufzte und gab seinem Pferd die Sporen. Nachdem Armin Lavinia eingeholt hatte, ritten sie in schnellem Tempo nebeneinander her, und die beiden Legionäre hatten beachtliche Mühe, sie dabei nicht aus den Augen zu verlieren. Doch schon bald wurde der Weg schmaler, Lavinia und Armin kamen in ein kleines Waldstück und mussten die Tiere ein wenig langsamer laufen lassen. So blieb ihnen wieder mehr Zeit, die Umgebung genauer zu betrachten, und Lavinia hatte viele Fragen ...

„Wie nennt man diesen Baum dort drüben? Schau nur, wie schön diese roten Beeren sind ... kann man die eigentlich essen? Und dieser kleine Vogel ... hörst du, wie gut er singen kann? Welchen Namen hat er bei deinem Volk, Armin ...?"

Der Junge musste lächeln, als er Lavinias vor Aufregung geröteten Wangen und ihre strahlenden Augen bemerkte. *Sie kann sich für die gleichen Dinge begeistern, die auch ich schön finde* ... wunderte er sich, *und das, obwohl wir sonst nicht viel gemeinsam haben ...*

Auch Lavinia entging es nicht, dass Armin sehr entspannt wirkte, beinahe fröhlich ... ganz anders, als sie ihn bisher kennengelernt hatte. Außerhalb der dicken Mauern des Kastells schien er ein anderer Mensch zu sein. Doch auch die beiden Soldaten waren, nachdem sie das Kastell hinter sich gelassen hatten und sich somit keiner ihrer Vorgesetzten in unmittelbarer Nähe befand, recht umgängliche Menschen. Obwohl sie Armin zunächst sehr misstrauisch gemustert hatten, blieben sie im Verlauf ihres Rittes dann ein wenig zurück, gaben den beiden jungen Leuten also die Möglichkeit, sich ungezwungen zu unterhalten.

Als sie schließlich eine Rast einlegten, hielten sie sich im Hintergrund und widmeten sich stattdessen ihrer Mahlzeit.

Am Ende war Lavinia ihnen gegenüber etwas versöhnlicher gestimmt, als sie am späten Nachmittag ins Kastell zurückkehrten. Sie verabschiedete sich höflich von den beiden Männern, die ihr Vater als ihre Leibwächter auserwählt hatte. *Zu meinem Schutz*, überlegte sie ..., *und vielleicht auch, um Armin daran zu hindern, wegzulaufen. Alles ist eben anders hier, nicht so vertraut wie früher in Rom. Wahrscheinlich muss ich mich erst an dieses neue Leben gewöhnen ...*

Armin hingegen nahm die Überwachung durch die Soldaten scheinbar gelassen hin, zumindest ließ er sich äußerlich nichts anmerken. Ihm blieb allerdings auch keine große Wahl, denn sie waren bewaffnet und hatten das Recht auf ihrer Seite. Jedes Recht ... zumindest, was ihn betraf!

*

Immer öfter verbrachte Lavinia jetzt, wenigstens einen Teil des Tages, außerhalb des Kastells und ihr Vater schien nichts dagegen zu haben, solange sie dies in Begleitung der beiden Soldaten tat.

Dass Armin ebenfalls mitkam, darüber hatte sie mit ihm nicht mehr gesprochen; sie hielt diese Tatsache für nicht erwähnenswert. Er gehörte ihr, sie konnte über ihn verfügen ... also tat sie es.

Sie ging einfach davon aus, dass ihr Vater es gutheißen würde. Wie sehr sie sich in diesem Punkt täuschte, wurde ihr erst bewusst, als sie ihm eines Morgens begegneten. Lavinia und ihre Begleiter wollten gerade zu ihrem täglichen Ausritt aufbrechen, während Marcus Julius Severus sich auf dem Weg zur Kommandantur befand.

Sie beabsichtigten, das Kastell durch das große Haupttor zu verlassen und wollten gerade aufsitzen, als Lavinia bemerkte, wie ihr Vater urplötzlich stehen blieb, um dann seine Richtung zu ändern. Schnellen Schrittes kam der Präfekt nun direkt auf sie zu.

Verwundert zügelte sie ihr Pferd. Lavinia wollte ihren Vater, den sie an diesem Morgen noch nicht gesehen hatte, freundlich begrüßen. Doch dieser unterbrach sie ziemlich schroff.

„Was macht *er* hier?"

Bei dieser Frage blickte der Präfekt keineswegs erfreut, sondern mit einem ziemlich abweisenden Gesichtsausdruck zu ihr hoch, gleichzeitig deutete er mit dem Zeigefinger seiner rechten Hand auf Armin.

Was will Vater nur?, dachte sie verdutzt. *Wieso gibt er sich so abweisend und unfreundlich*? Lavinia begriff nicht sofort, worin in diesem Fall das Problem lag. Fragend schaute sie ihren Vater an und erwartete, dass er weitere Erklärungen folgen ließ.

Die beiden Legionäre Quintus und Octavius hingegen schienen sehr wohl eine Ahnung zu haben, um was es sich handelte, denn beim Anblick ihres sichtlich erregten Kommandanten bemühten sie sich sehr darum, im Hintergrund zu bleiben. Scheinbar unbeteiligt blickten sie zu Boden und hofften inständig darauf, Lavinia möge die richtige Erklärung einfallen, um ihren Vater ein wenig freundlicher zu stimmen.

Armin, der das Problem ebenfalls erahnte, versuchte sich seinerseits möglichst unauffällig zu verhalten. Sein Gesicht verriet, wie so oft, nichts darüber, was er in diesem Augenblick empfand, auch wenn ihm sein Herz gleichzeitig bis zum Hals schlug.

Für einen Sklaven, wie ich es bin, ist es nicht unbedingt ratsam, den Zorn des Kommandanten auf sich zu ziehen, wenn mich auch in diesem speziellen Fall keine Schuld trifft, ... nun ja, zumindest keine große ...

Armin musste einmal schwer schlucken, als er sich über die möglichen Folgen dieser Angelegenheit klar wurde. *Und dennoch*, kam er zu dem Schluss, *man wird im Zweifel mich dafür verantwortlich machen ...*

„Der Sklave, wieso ist er bei dir? Wieso reitet er mit euch?"
Die Stimme des Kommandanten klang sehr erregt, man konnte deutlich heraushören, wie verärgert er war.

„Aber Vater ...",stotterte Lavinia völlig verunsichert. Sie wusste nicht, was er ihr eigentlich vorwarf.
„Du hast ihn mir doch geschenkt, ich darf mit ihm tun, was ich möchte. Zumindest hast du mir das gesagt. Wieso soll er mich also nicht begleiten? Es spricht doch nichts dagegen! Er kann mir viele Dinge zeigen und erklären, und er spricht die Sprache der Menschen hier ..."
„Und es ist eine ausgezeichnete Gelegenheit für ihn, fortzulaufen, Lavinia! *Er* weiß genau, dass er das Kastell nicht verlassen darf! *Er* ist ein Kriegsgefangener, ein Sklave. *Er* hat sich hier an die Regeln zu halten, die Regeln, die Rom für ihn aufstellt, die Regeln, an die auch ich ihn wiederholt erinnert habe! Quintus! Octavius! Bringt ihn unverzüglich zurück zum Haus. Und sagt Lucius, er soll auf ihn achten. Heute Abend werde ich mich persönlich um dieses Problem küm-

mern. Geht jetzt. Wir ...“, und dabei warf der Präfekt den beiden Legionären einen zornigen Blick zu, „wir werden uns dann später ebenfalls unterhalten.“

Die Soldaten wagten es nicht, ihm zu antworten. Ergeben nickten sie ihrem Kommandanten nur kurz zu, nahmen noch einmal vorschriftsmäßig Haltung an, um sich zu guter Letzt gemeinsam mit Armin auf den Weg zurück zu machen.

Lavinia war den Tränen nahe, als sie ihren Vater so erregt und verärgert sah. Sie konnte einfach nicht verstehen, weshalb er dermaßen aufgebracht war.

„Bitte, Vater, er kann doch nichts dafür“, versuchte sie ihm verzweifelt zu erklären. „Er hat nur das getan, was ich ihm befohlen habe!

Armin hat nicht versucht davonzulaufen ... kein einziges Mal ... und außerdem sind doch Quintus und Octavius immer in der Nähe, um mich zu beschützen, und auch, um auf ihn aufzupassen. Bitte, bitte bestrafe ihn nicht dafür, es war mein Fehler. Ich wusste doch nicht, dass es dir nicht recht ist … Bitte!“

Doch Marcus Julius Severus konnte diese letzten Worte schon nicht mehr hören. Er hatte sich bereits abgewendet und befand sich nun auf dem Weg zur Kommandantur, um seine täglichen Arbeiten zu beginnen.

Seine Miene wirkte wie versteinert, als er mit schnellen Schritten über den weiten Hof des Kastells ging. Er war überaus erregt und verärgert.

Nicht so sehr über Lavinia, auch nicht über den jungen Sklaven oder die beiden Legionäre. Vielmehr ärgerte er sich über sich selbst.

Ich hätte diese Verwicklungen vorhersehen müssen, ging es ihm durch den Kopf. *Ich hätte ahnen müssen, dass die Sache schwierig ist, wirklich kompliziert.*

Lavinia ist es nicht gewohnt, so zu leben, sie ist sehr behütet aufgewachsen. Immer haben andere alle Entscheidungen für sie getroffen, ich selbst oder ihre Mutter.

Ihr Leben hat sich nun einmal völlig verändert. Woher sollte sie auch wissen, dass hier manches anders ist? Und vor allen Dingen, dass die Sache mit dem Jungen anders ist. Ich hätte es ihr erklären müssen! Inzwischen hat sie sich an ihn gewöhnt, sie scheint ihn sogar zu mögen ... sehr zu mögen! Vielleicht mehr, als es gut für sie ist; und für ihn, überlegte der Präfekt. *Das alles macht mir die Entscheidung, die ich in diesem Fall treffen muss, nicht einfacher.*

Ja, es ist sicher das Beste, erst einmal eingehend darüber nachzudenken. Marcus Julius Severus wollte nicht erneut einen Fehler begehen, und vor allen Dingen wollte er nicht im Zorn handeln. Denn wenn es etwas gab, was er zutiefst verabscheute, dann war es Ungerechtigkeit.

Er musste eine Lösung finden, die für alle Beteiligten gut war und die er mit seinem Gewissen vereinbaren konnte. Auch wenn er bereits ahnte, dass dies schwierig sein würde.

*

„Komm jetzt, bringen wir es hinter uns!"

Lucius packte den Jungen mit einer für sein Alter erstaunlichen Kraft am Arm und zog ihn in Richtung Tür. Armin wehrte sich nicht. Er wusste, ebenso wie der alte Diener es wusste, dass das Wort ihres Herrn keinen Widerspruch duldete.

Also fügte er sich in das Unvermeidliche und folgte Lucius, ohne sich zu sträuben. Dabei versuchte er, seine Gedanken auf etwas anderes zu konzentrieren.

Nein, ich will lieber nicht daran denken, was gleich passieren wird, ging es Armin durch den Kopf, während er hinter dem alten Diener über den Hof lief. Noch einmal rief er sich Lavinias Gesichtsausdruck ins Gedächtnis zurück. *Ja*, dachte er, *ihre Miene hatte in diesem Moment alles über sie verraten!*

Sie ist nicht damit einverstanden, wunderte Armin sich, *sie hält die Entscheidung, die ihr Vater getroffen hat, für falsch.*

Lavinia hat mich, einen Sklaven, verteidigt! Und das sogar gegen ihren Vater, den Kommandanten des Kastells.

Sie ist ein wirklich mutiges Mädchen, kam es ihm in den Sinn. Auch wenn Armin nicht gänzlich klar war, weshalb sie es getan hatte. *War es nur, weil sie nicht dulden wollte, dass ein anderer für ihren Fehler büßen musste? Oder aber, weil sie mich wirklich mag …!* Armin wagte kaum, es zu glauben. *Noch werde ich nicht recht schlau aus ihr*, dachte er, *so manches, was sie sagt oder tut, ist widersprüchlich. Oder ist es am Ende vielleicht eher sie selbst, die mich verwirrt? Oder sind es meine Gefühle ihr gegenüber?*

Über diese Gedanken hinweg bemerkte er zunächst gar nicht, dass sie ihr Ziel bereits erreicht hatten. Erst Lucius Worte brachten Armin wieder in die Realität zurück.

„Gut, mein Junge, ich denke, wir sollten es lieber jetzt sofort tun. Die ganze Sache wird sicher nicht besser, wenn wir noch länger warten ... zieh dein Hemd aus und knie nieder.“

Armin zögerte, schließlich tat er das, was der alte Diener von ihm verlangte. *Es hilft ja nichts, sich dagegen aufzulehnen, auch wenn es mir zutiefst widerstrebt, es zu tun. Es gibt keine Alternative ... es sei denn, ich lege es darauf an, von den Legionären bestraft zu werden.*

So versuchte Armin, an etwas anderes zu denken, auch wenn es ihm schwerfiel ...

*

„Das kannst du nicht tun!"
Lavinia war sehr erregt, als sie diese Worte hervorbrachte. Sie schaffte es gerade noch, sich zu beherrschen und nicht hinter Lucius herzulaufen, der soeben gemeinsam mit Armin den Raum verlassen hatte.
Marcus Julius Severus blickte seiner Tochter über den großen Tisch hinweg direkt in die Augen. Er antwortete ihr nicht sofort, sondern nahm zunächst einen Schluck Wein aus seinem Becher. Erst dann erhob er sich langsam, um zu ihr herüberzugehen.
Sie musterte ihn mit einem vorwurfsvollen Ausdruck im Gesicht. Allem Anschein nach kostete es sie große Mühe, ruhig zu bleiben und abzuwarten, was ihr Vater nun sagen wollte.
„Lavinia!" Der Präfekt räusperte sich. Insgeheim hoffte er, diese vertraute Anrede würde seine Tochter friedlicher stimmen. *Bei allen Göttern,* schoss es ihm durch den Kopf, *es ist viel schwerer, mit ihr zurechtzukommen, als mit meinen Legionären*! Er schluckte einmal, bevor er weitersprechen konnte.

„Versteh mich doch, mein Kind. Mir bleibt keine andere Möglichkeit. Irgendetwas musste ich tun. Ich kann diese Sache nicht einfach auf sich beruhen lassen. Und alle Beteiligten werden daraus lernen."

„Lernen?" Lavinias Stimme überschlug sich fast vor Empörung. „Du lässt Armin bestrafen, weil er das getan hat, was *ich* ihm befohlen habe? Was sollte er daraus wohl lernen? Was hätte er denn anderes tun können? Ihn trifft keine Schuld, sondern mich. *Ich* war es, die ihm diese Anweisung gegeben hat!"

„Ja!" Die Antwort ihres Vaters kam so überraschend, dass Lavinia für eine kleine Weile sprachlos war.

Ungläubig schaute sie ihren Vater an.

„Ja? Du stimmst mir also zu?", brachte das Mädchen schließlich hervor. „Und dennoch hast du Lucius gerade eben befohlen, Armin zu bestrafen?"

„Ja!", wiederholte ihr Vater und blickte seine Tochter dabei direkt an. *Ich möchte, dass sie genau versteht, was ich meine, und auch, weshalb ich so handeln muss,* versuchte der Präfekt sich selbst von der Rechtmäßigkeit seiner Entscheidung zu überzeugen, bevor er eine Erklärung folgen ließ.

„Ich lasse ihn bestrafen, Lavinia, weil er der Einzige ist, den ich bestrafen kann. Auch wenn ich weiß, dass ihn wohl die geringste Schuld trifft.

Es wurden Fehler gemacht, Lavinia. Zuerst von mir, weil ich dir gewisse Dinge vorher nicht erklärt habe. Etwa, dass der Sklave diesen Ort nicht verlassen darf, weil er Eigentum Roms ist.

Ich habe ihn dir zwar geschenkt, aber er gehört eben auch Rom. Er ist ein Kriegsgefangener. Sein Vater, ein feindlicher Fürst, hat ihn uns verpfändet. Man hat es von ihm verlangt, um den Frieden zu wahren, der zwischen seinem Volk und Rom geschlossen wurde. Solange wir über den Sohn des Fürsten wachen, werden die Barbaren ihr gegebenes Wort halten, denn sie wissen nur zu genau, was passiert, sollten sie es jemals vergessen." An dieser Stelle legte der Präfekt eine kurze Pause ein, während der er Lavinia mit einem nachdenklichen Blick musterte. *Versteht sie, was ich ihr damit sagen will?*, fragte er sich ein wenig verunsichert. *Vielleicht ... doch das führt an dieser Stelle zu weit. Ein Mädchen muss schließlich nicht alles über die Politik Roms wissen. Schließlich ist das nicht ihre Angelegenheit.* So schüttelte er einmal den Kopf, um den Gedanken zu verdrängen, und auch, um sich ein wenig zu sammeln, bevor er fortfuhr.

„Den zweiten Fehler hast du gemacht, Lavinia, indem du ihn angewiesen hast, dich zu begleiten. Du hast ihm somit befohlen, das Kastell zu verlassen. Er weiß, dass

er das nicht darf, musste aber gleichzeitig dir gehorchen. Für ihn ein unauflösbarer Widerspruch! In beiden Fällen hätte er eine Bestrafung riskiert.
Den dritten Fehler schließlich haben meine Soldaten gemacht, indem sie es zuließen.
Du siehst, es waren viele Fehler, und es ist sicherlich schwierig, in diesem Fall die richtige Entscheidung zu treffen."
Der Präfekt hoffte sehr, seine Tochter würde ihn nun verstehen, doch ihr fragender Blick belehrte ihn schnell eines Besseren. Es blieb ihm also nichts anderes übrig, als mit seinen Erklärungen fortzufahren.
„Lavinia, Kind, du bist meine Tochter, aber du bist jetzt auch noch etwas anderes.
Jetzt, da deine Mutter gestorben ist, bist *du* die Herrin dieses Hauses. Und als solche müssen dir alle Menschen hier Achtung, Respekt und Gehorsam entgegenbringen, ebenso wie auch mir, ihrem Herrn. Wenn aber der Herr oder die Herrin des Hauses einen Fehler macht, kann man ihn oder sie nicht dafür bestrafen. Verstehst du, was ich meine?"
Er wartete einen kurzen Moment, bevor er weitersprach, damit Lavinia, die ihrem Vater mit verschränkten Armen zuhörte, seine Worte überdenken konnte.

„Die beiden Legionäre, Lavinia, haben ebenfalls einen Fehler gemacht, aber ich selbst war es, der ihnen den Befehl gab, dir zu gehorchen. Auch ihnen blieb keine Wahl, sie mussten *das* tun, was du sagtest, auch wenn ihnen gleichzeitig bewusst war, dass es falsch war. Wie könnte ich sie jetzt dafür bestrafen?"

Forschend blickte er seiner Tochter in die Augen. Er wusste, dass das, was er ihr versuchte zu erklären, schwer zu verstehen war.

„Folglich bleibt nur der Sklave, Lavinia. Sein Verschulden ist gering, dennoch lasse ich ihn bestrafen; um ihm zu zeigen, wo sein Platz ist, und um dir zu zeigen, welche Verantwortung du trägst. Ich denke, ihr beide werdet etwas daraus lernen ..."

Lavinias Augen füllten sich bei dieser Aussage mit Tränen, sie wollte gerade dazu ansetzen, ihm zu widersprechen, da hob der Präfekt abwehrend die Hand. Sein Gesichtsausdruck war jetzt sehr ernst, seine Miene undurchdringlich.

„Ich werde meine Entscheidung nicht zurücknehmen, Lavinia. Mein Wort ist an diesem Ort gleichbedeutend mit dem Gesetz Roms. Nein, es gibt keinen anderen Weg!"

Er machte einige Schritte auf sie zu, versuchte sogar ein schwaches Lächeln, als er in einem etwas freundlicheren Tonfall weitersprach.
„Ich weiß, dass dir diese Sache jetzt hart und vielleicht auch ungerecht vorkommt, aber ich bin mir ganz sicher, dass du es nie vergessen wirst. Niemals wieder, solange du lebst, wirst du leichtfertig eine Anweisung geben, mein Kind."
Er fühlte einen dicken Kloß in seinem Hals, als er den traurigen, verzweifelten Blick seiner Tochter bemerkte.
„Ich habe Lucius zumindest angewiesen, nicht allzu hart zuzuschlagen", sagte er schließlich. „Ich denke, der Junge wird es ohne größeren Schaden überstehen ..."

*

Wieder schien der Mond hell vom nächtlichen Himmel herab, als Lavinia auf den Innenhof ihres Hauses trat. Sie konnte einfach nicht einschlafen, die Gedanken an die Ereignisse des Tages ließen sie nicht zur Ruhe kommen.
Besonders nicht der Gedanke, dass Armin nur deshalb leiden musste, weil *sie* einen Fehler begangen hatte.

Nach dem Gespräch mit ihrem Vater war sie in ihr Zimmer gegangen, hatte sich dort aufs Bett gelegt und versucht, das, was im selben Augenblick mit dem Jungen passieren würde, zu verdrängen.

Es will mir nicht gelingen, dachte sie verzweifelt, *immer wieder sehe ich Armins Gesicht vor mir! Vaters Entscheidung ist trotzdem falsch ... da kann er noch so viel erklären. Armin hat keine Strafe verdient, denn er hat nicht das Geringste getan. Es ist einfach ungerecht! Wie kann mein Vater nur so hart sein? Ich verstehe ihn nicht!* Seufzend erhob sie sich von ihrem Lager. *Ich gehe noch einmal nach draußen,* dachte sie. *Vielleicht beruhigt mich ja die frische Luft ein wenig. Und vielleicht treffe ich dort auch Oda an, die große Eule.*

Ein ungewöhnlich warmer Luftzug empfing sie, als sie das Haus verließ. Der Hof schien im hellen Mondlicht beinahe wie verzaubert, als sie ihn so vor sich liegen sah. Lavinia atmete einmal tief durch und genoss die Stille um diese Zeit, mitten in der Nacht. Alles wirkte so friedlich, ganz anders, als es in ihrem Inneren aussah ...

Plötzlich vernahm Lavinia ein leises Geräusch. Nur einmal, für einen kurzen Moment, war es zu hören gewesen.

Neugierig lauschte das Mädchen in die Nacht hinein und wartete ab, ob es erneut etwas hören würde.
Und dann, dann war es wieder da, nur etwas deutlicher.
Das Geräusch kam aus jener Ecke des Hofes, in der sich auch die kleine Nische im Mauerwerk befand, dort, wo Lavinia Oda zum ersten Mal entdeckt hatte.
Neugierig und vorsichtig zugleich näherte sie sich daraufhin der Stelle, die ein wenig im Schatten der umliegenden Gebäude lag.
Unter gar keinen Umständen wollte das Mädchen die große Eule, sollte sie da sein, verschrecken.
Lavinia war so leise, dass derjenige, der sich in der dunklen Ecke hingekauert hatte, sie nur im letzten Moment bemerkte.
Auch Lavinia entdeckte ihn erst, als sie direkt vor ihm stand. Erschrocken zuckten beide zusammen.

„Armin! Was machst du denn hier? Du hast mich ja zu Tode erschreckt ...!“
„Lavinia!“
Seine Stimme klang anders als sonst, irgendwie seltsam belegt. Es schien ihr fast, als müsse er gerade noch ein leises Schluchzen unterdrücken.

„Ist alles in Ordnung? Was tust du hier, mitten in der Nacht?“

Lavinia wiederholte ihre Frage noch einmal, konnte sich die Antwort darauf aber im nächsten Moment selbst geben. Ein schwacher Lichtstrahl erleuchtete die Ecke des Hofes, in die sich der Junge niedergelassen hatte. Seine Augen glänzten feucht.

Er hat geweint, dachte sie bestürzt, *da bin ich mir ziemlich sicher, auch wenn er jetzt sehr darum bemüht ist, sich nichts anmerken zu lassen.* Mitleidig blickte Lavinia auf ihn herunter, doch schon im gleichen Moment erhob Armin sich und richtete sich vor ihr auf. Dabei blickte er Lavinia in die Augen.

Der Junge trug kein Hemd wie sonst üblich, seine helle Haut schimmerte im Mondlicht. Er atmete jetzt schwer, beinahe, als ob er schnell gelaufen wäre, und es schien ihm irgendwie unangenehm zu sein, dass das Mädchen ihn so sehen konnte.

„Ich tue gar nichts ...“, wiegelte er Lavinias Frage ab. „Ich habe ... brauchte nur einen ruhigen Platz … um nachzudenken.“

Armin wich Lavinias fragendem Blick aus und bückte sich schnell, um sein Hemd vom Boden aufzuheben. Mit einer raschen Bewegung wollte er es überstreifen, was ihm jedoch nicht gelang, ohne einen unterdrückten Schmerzenslaut von sich zu geben. Armin biss die Zähne zusammen und zog sich das Kleidungsstück dennoch über, auch wenn er ungewöhnlich lange dafür benötigte. Als er fertig war, wandte er sich noch einmal dem Mädchen zu.

„Brauchst du mich noch?", äußerte er in einem Tonfall, der ein wenig gereizt klang. Als Lavinia daraufhin den Kopf schüttelte, nickte er kurz. „Na, wenn nicht, würde ich jetzt gerne schlafen gehen. Und du tust das besser auch", merkte er noch an, „es ist schon ziemlich spät. Bestimmt wäre es deinem Vater nicht recht, dass du um diese Zeit hier draußen bist."

Er zögerte einen Moment, bevor er leise und etwas stockend hinzufügte: „Ich hatte gehofft ... nun, ich hatte gehofft, Oda hier zu treffen. Aber heute Nacht ist sie wohl woanders unterwegs. Wenigstens sie darf frei entscheiden, wohin sie geht ..."

Lavinia schluckte einmal schwer, als sie diese Worte aus seinem Munde hörte. Es waren bittere Worte, anklagende Worte! Sie richteten sich gegen ihren Vater, gegen Rom und vielleicht auch, zumindest ein wenig, gegen sie.

Er ist traurig und verzweifelt, dachte sie, *und mit seinem Schicksal unzufrieden.*

Und es macht mir etwas aus, dass er sich so verhält, wunderte sie sich im gleichen Augenblick. *Er ist mir nicht gleichgültig, obwohl er das doch eigentlich sein müsste. Schließlich ist er nur ein Sklave ... mein Sklave ... mein Eigentum. Nicht mehr!*
„Armin!"
Er drehte sich noch einmal zu ihr um und schaute ihr wieder direkt in die Augen.
Lavinia schluckte, als sie ihn so betrachtete. Deutlich konnte sie erkennen, welch große Mühe er sich gab, seine Schmerzen vor ihr zu verbergen. Aber auch seine Trauer und Verzweiflung.
Gleichzeitig kreisten ihre Gedanken um das, was ihr Vater vorhin zu ihr gesagt hatte, was er von ihr erwartete.

Immer noch traf Lavinia der Blick aus seinen tiefblauen Augen, der sie so seltsam in ihrem Innersten berührte.
Doch dann schloss sie kurz ihre Lider, um wieder einen klaren Gedanken fassen zu können. Lavinia besann sich darauf, dass es Gesetze gab: klare Regeln, eine Ordnung in der Welt. Rom, das Reich und den Kaiser infrage zu stellen, war sicher nicht gut. Nein, das war es nicht!

Und ihr Vater nahm diese Dinge sehr ernst, immer wieder hatte er versucht, Lavinia zu verdeutlichen, wie wichtig es war, dass man sich daran hielt. Eine Welt ohne Regeln würde zweifellos im Chaos enden, das Römische Reich drohte zu zerfallen, wenn keiner die Gesetze achtete. Sie wusste, dass ihr Vater danach lebte und handelte. Immer und ohne Ausnahme! Zuletzt vorhin, als er die Bestrafung Armins angeordnet hatte.

Armin ist nun mal ein Sklave. Er hat seinen Platz im Leben, und ich den Meinen, grübelte sie. *Daran wird keiner von uns etwas ändern. Nicht, solange das Römische Reich besteht und der Kaiser herrscht, nicht, solange ich die Tochter eines Offiziers der Legionen bin und er der Sohn eines feindlichen Fürsten.*

Nein, so versuchte sie sich selbst davon zu überzeugen, *nein, sicher wäre es nicht gut, all das infrage zu stellen.* Also räusperte sie sich und versuchte, mit möglichst fester Stimme weiterzusprechen: „Es wäre besser, du würdest mich ab jetzt Herrin nennen, Armin. Du weißt, dass ich das für dich bin, weil mein Vater dich mir zum Geschenk gemacht hat. Denke künftig daran, ich müsste dich sonst bestrafen lassen. Du darfst jetzt gehen, wir sehen uns morgen wieder."

Der Junge nickte kurz und deutete eine Verbeugung an; dann war er auch schon in der Dunkelheit verschwunden.

Der Mond schickte weiterhin sein sanftes Licht zur Erde herunter, als Lavinia sich etwas später ebenfalls ins Haus begab.
Sie hatte Armins letzten Blick sehr wohl bemerkt, auch wenn es im Schatten der Gebäude, recht dunkel gewesen war. Enttäuschung, tiefe Enttäuschung hatte darin gelegen ... und sie hasste sich selbst am meisten dafür, dass sie so mit ihm gesprochen hatte!

*

„Ich verstehe nicht ganz?“ Lavinia stand vom Frühstückstisch auf. „Erst verbietest du es ihm, jetzt soll er plötzlich doch mit mir reiten dürfen. Wieso?“
Lavinia war vollkommen verwirrt. Ihr Vater gab ihr an diesem Morgen Rätsel auf. Marcus Julius Severus benötigte einen Moment, bevor er sich in der Lage fühlte, ihr darauf zu antworten. *Ja, es ist schwer zu verstehen,* musste er seiner Tochter insgeheim recht geben. *Normalerweise halte ich an einer einmal getroffenen Entscheidung eisern fest. Und es fällt mir ungemein schwer, einen Fehler ein-*

zugestehen ... ein Kommandant der Legionen macht keine Fehler. Niemals! Zumindest gibt er diese nicht zu ...

Der Präfekt hatte sichtlich Schwierigkeiten, die richtigen Worte zu finden. Er wusste nicht recht, wie er seiner Tochter verständlich machen sollte, dass er seine Meinung bezüglich des jungen Sklaven geändert hatte.

„Ich … nun …“ Lavinias Vater räusperte sich erst einmal laut, um anschließend mit gewohnt fester Stimme weitersprechen zu können. „Nun, ich habe ihn in den letzten zwei Wochen beobachtet … nein, vielmehr Lucius hat ihn beobachtet und mir Bericht erstattet. Er meint, dass der Junge zuverlässig ist, dass er alles, was man ihm aufträgt, ohne Murren erledigt und vor allen Dingen der Einzige ist, der mit deinem Hengst wirklich in jeder Beziehung zurechtkommt. Er scheint ein ganz spezielles Händchen für das Tier zu haben.

Außerdem ... solange Quintus und Octavius dabei sind, ist wahrscheinlich die Gefahr, dass er einen Fluchtversuch wagt, gering.“ Als er die vor Freude blitzenden Augen seiner Tochter bemerkte, fügte er hinzu:

„Ich werde es also erlauben ... solange er mein Vertrauen nicht enttäuscht.

Aber, und das habe ich ihm bereits über Lucius mitteilen lassen, tut er es, und sei es auch nur ein einziges Mal, so kann er keine Nachsicht erwarten! Man hintergeht seinen Herrn nicht ungestraft! Dessen sollte er sich immer bewusst sein, Lavinia."

Er nickte seiner verdutzten Tochter noch einmal kurz zu, dann war er bereits zur Tür heraus und auf dem Weg zur Kommandantur.

Für den Präfekten gab es stets viel zu tun, da blieb nur wenig Zeit für private Belange. Im Übrigen tat er sich in solchen Angelegenheiten immer etwas schwer und überließ es lieber seinem alten Diener, diese unbequemen Dinge zu regeln. Doch in diesem Fall war das nicht möglich gewesen.

Lucius hatte ihm berichtet, dass Lavinia kaum noch das Haus verließ, seit der junge Sklave sie nicht mehr begleiten durfte, und nur er als Kommandant des Kastells war in der Lage, hier eine Entscheidung zu treffen. Er hatte die Verantwortung für den Jungen, er musste dem Kaiser persönlich darüber Rechenschaft ablegen, sollte dieser entfliehen. Wirklich keine leichte Entscheidung, die er hier hatte treffen müssen!

Ich hoffe nur, überdachte Lavinias Vater seinen Entschluss, *dass ich mich in dem Jungen nicht täusche*, *dass es kein Fehler ist, ihm zu vertrauen.* Sicherheitshalber hatte der

Präfekt die beiden Legionäre nochmals darauf hingewiesen, ihn scharf zu bewachen und ihm keine Möglichkeit zur Flucht zu geben. Unter keinen Umständen! *Ich kann mich auf meine Männer verlassen,* beruhigte sich der Kommandant selbst. *Sie wissen genau, auch ohne, dass ich es besonders erwähnen muss, dass sie mit ihrem eigenen Leben dafür bürgen werden! Das ist der Preis, den Rom von ihnen verlangt! Und ich selbst natürlich!*

*

„Ach Lucius, du bist zu streng! Lavinia starrte verzweifelt auf ihre Wachstafel, die vor ihr auf dem Tisch lag. „Diese Aufgaben sind einfach zu schwer, keiner kann sie lösen. Lass mich doch gehen, ich möchte lieber ausreiten, das Wetter ist gut, es ist nicht kalt, und wenn der Winter kommt, muss ich doch ohnehin öfter drinnen bleiben ... bitte!"

Verzweifelt verbesserte sie mit ihrem Stilus eine der Rechenaufgaben, die ihr Lucius am heutigen Morgen gegeben hatte. Wie sie es auch betrachtete, eine Lösung wollte ihr einfach nicht einfallen.

Doch der alte Diener lächelte sie nur an. Dann schüttelte er verneinend den Kopf und ging überhaupt nicht näher auf ihre Bitte ein. Er hatte den Auftrag, sie in diesen Dingen zu unterrichten, und sie würde sich eben ein wenig anstrengen müssen. Auch eine zukünftige Dame der Gesellschaft musste sich in den Wissenschaften auskennen.

„Euer Vater wünscht es so, Herrin“, gab er ihr schließlich zur Antwort. „Da Ihr keinen Bruder habt, der Euren Besitz eines Tages übernehmen kann, müsst Ihr euch selbst darum bemühen. Versucht es also noch einmal! Wenn Ihr damit fertig seid, erlaube ich Euch, zu gehen ...“

Sie schnaubte einmal unwillig und bedachte den alten Mann mit einem wütenden Blick, den dieser wiederum ignorierte. Dann machte Lavinia sich erneut an die Arbeit. Ihrer Meinung nach gab es nichts Überflüssigeres, als diese Berechnungen. *Aber mir bleibt nichts anderes übrig,* seufzte sie leise. *Lucius lässt sich auf keinen Fall erweichen, und Vater verlangt es nun einmal so!*

Lavinia suchte sich einen Platz auf dem Hof, der ein wenig in der Sonne lag und machte sich dann leise schimpfend erneut daran, die Zahlen in eine sinnvolle Reihenfolge zu bringen.

Sie war derart in ihre Arbeit vertieft, dass sie zunächst gar nicht bemerkte, wie Armin hinter sie getreten war und ihr schließlich interessiert über die Schultern blickte.

Erst als der Schatten des Jungen auf sie fiel, wurde Lavinia bewusst, dass sie nicht mehr alleine war. Sie sah zu ihm auf und entdeckte dabei einen leicht amüsierten und zugleich spöttischen Ausdruck auf seinem Gesicht, der aber sofort verschwand, als er ihren Blick bemerkte.

Stattdessen verbeugte er sich kurz und tat so, als sei er nur gekommen, um den Hof zu fegen.

„Du brauchst gar nicht so unschuldig tun, Armin. Ich habe genau gesehen, dass du dich über mich lustig gemacht hast ...!"

Der Junge richtete sich auf und musterte Lavinia mit einem herausfordernden Blick.

„Und wenn es so wäre, Lavinia? Was dann? Ich jedenfalls kenne die Lösung für diese Aufgaben", meinte er mit einem leichten Lächeln auf dem Gesicht. „Das ist doch ganz leicht. Man muss eben nur ein wenig nachdenken, dann ..."

„Hüte deine Zunge!", fiel ihm Lavinia ins Wort und merkte sogleich, wie ihr das Blut in den Kopf stieg und ihr dabei ganz heiß wurde. Seine spöttischen Bemerkungen trafen das Mädchen sehr, und sie machten es zugleich wütend. Wütend darüber, nicht schlagfertig genug zu sein, um Armin ebenso zu antworten.

Zumindest bin ich es nicht in seiner Gegenwart, stellte sie verwundert fest, *denn bei meinem Vater, oder auch bei anderen Menschen, da gelingt es mir fast immer ...*

Und das Schlimmste daran ist, dachte Lavinia verdrossen, *dass Armin es weiß! Er weiß immer ganz genau, was er tun und sagen muss, damit ich mich getroffen fühle ... und ich kann nichts dagegen tun ...*

So fiel ihr schließlich nichts Besseres ein, als ihn anders in seine Schranken zu verweisen.

„Hüte deine Zunge", wiederholte Lavinia deshalb mit scharfem Tonfall und fixierte den Jungen dabei mit wütend funkelnden Augen, „sonst lasse ich dich auspeitschen ...!"

Kaum war diese Drohung ausgesprochen, tat es ihr bereits leid. Sie biss sich auf die Unterlippe, sah Armin dabei aber weiter trotzig an, denn noch einmal blamieren wollte sie sich nicht.

Der Junge erstarrte in seiner Bewegung und schien sie mit seinem Blick förmlich zu durchdringen. Augenblicklich wechselte Lavinias Gesichtsfarbe daraufhin in ein noch dunkleres Rot, als bereits zuvor, schließlich senkte sie beschämt den Kopf.

Zu was habe ich mich da nur wieder hinreißen lassen?, schoss es ihr durch den Kopf. *Und alles nur wegen einiger dummer Rechenaufgaben, die es nicht einmal wert sind, darüber zu streiten.*

Vorsichtig hob das Mädchen den Blick und sah sich gründlich um, ob auch niemand in der Nähe war, der ihre Worte gehört haben könnte.

Keiner da! Sie atmete erleichtert auf. *Es wird fast so sein, als ob ich sie nie ausgesprochen hätte. Fast so,* dachte sie schuldbewusst, *denn natürlich weiß Armin davon.*

Einige Minuten vergingen, in denen keiner von beiden etwas äußerte. Armin blickte anschließend zu Boden. Dann begann er, scheinbar hoch konzentriert, den Hof zu kehren. Er versuchte dabei, das Mädchen zu ignorieren, sah nicht einmal zu der Stelle herüber, an der Lavinia sich immer noch befand. Sie hingegen saß still da und beobachtete ihn bei seiner Tätigkeit. Endlich entschloss sie sich dazu, das Schweigen zu brechen.

„Wenn du die Aufgaben so einfach findest, wieso zeigst du mir dann nicht die Lösung?", begann sie in einem versöhnlichen Tonfall. „Sobald ich fertig bin, darf ich ausreiten ... und vielleicht hast du ja mehr Lust, den Nachmittag mit mir zu verbringen, als den Hof zu fegen? Mal ganz davon abgesehen, dass er bereits blitzsauber ist ..."

*

„Es ist schon irgendwie komisch.“ Lavinia blickte zu Armin herüber, der sein Pferd neben ihres gelenkt hatte.

„Seit er damals, du weißt schon, im Kastell, an dem Tag, an dem mein Vater ihn mir geschenkt hat, durchgegangen ist, hat er das nie wieder versucht.“

Ein verschmitztes Lächeln zeigte sich auf dem Gesicht des Jungen, bevor er sich ein wenig zu ihr herüberbeugte und mit einem verschwörerischen Ton in der Stimme antwortete:

„Du hast ja auch nie wieder versucht, mit ihm in einen Kampf zu reiten!“

„Wie bitte?“ Erstaunt sah sie ihn an. „Was meinst du damit? Wieso sollte ich so etwas tun, das habe ich noch nie gemacht.“

Sie war ein wenig irritiert, der Junge sprach in Rätseln.

Doch Armin schien überhaupt nicht vorzuhaben, sie darüber aufzuklären. Er lächelte nur still vor sich hin und betrachtete stattdessen sehr interessiert die Umgebung, durch die sie kamen. Zumindest gab er vor, das zu tun.

„Was ist nun, heraus mit der Sprache, Sklave! Immerhin bin ich deine Herrin, du musst mir antworten.“

Lavinia versuchte, ihn mit einem gespielt strengen Unterton in der Stimme doch noch zu einer Antwort zu bewegen. Allerdings achtete sie dabei darauf, dass sich Quintus und Octavius nicht in Hörweite befanden. *Wer weiß*, überlegte Lavinia, *was die sonst denken?*

„Verstehst du mich wirklich nicht?“
Armin hatte auch diesmal wieder diesen spöttischen Ton in der Stimme, mit dem er sie so schnell reizen konnte, und Lavinia warf ihm deshalb vorsorglich einen warnenden Blick zu, den er mit einem leichten Nicken zur Kenntnis nahm. Also raffte er sich auf, ihr die Zusammenhänge zu erklären.
„Er ist ein Kriegspferd, Lavinia. Wahrscheinlich ebenso die Tributabgabe irgendeines germanischen Fürsten, wie ich es eine bin ... nur dass er es ein wenig besser getroffen hat dabei.
Er wird hier sicher ebenso gut behandelt, wie da, wo er herkommt. Ich hingegen ... na ja, lassen wir das.
Zumindest ist er darauf trainiert, in den Kampf zu reiten und seinen Herrn über das Schlachtfeld zu tragen. Ein sehr wertvolles Tier also. Man benötigt Jahre dafür, ein Pferd so auszubilden, und nur die Edelsten werden ausgewählt, um einem Fürsten zu dienen.“

Nachdem ihr Armin dies gesagt hatte, verfiel er in ein längeres und sehr nachdenkliches Schweigen. *Ja,* dachte er, und sein Herz wurde ihm schwer, *auch mein Vater besaß mehrere dieser Tiere ... und ich durfte sogar auf ihnen reiten.* Mit einem Seufzen wandte er sich wieder Lavinia zu.

„Ich denke, sein ehemaliger Besitzer wird ihn sehr vermissen." Der Junge schluckte, um dann hinzuzufügen: „Sollte er überhaupt noch leben. Roms Gesetze kennen wenig Gnade für den Verlierer einer Schlacht."

Lavinia verstand genau, worauf er anspielte. Ihr Vater war Soldat, ein Offizier der Legionen. So war es nur natürlich, dass in seinem Haushalt über solche Dinge gesprochen wurde. Auch früher schon hatte er das getan, als ihre Mutter noch lebte und sie noch ein kleines Mädchen war. Sie wusste also, was die Gesetze Roms für diejenigen vorsahen, die den Kampf gegen die Legionen verloren hatten.

Feindliche Feldherren müssen meistens sterben, denn sie sind gefährlich, erinnerte sie sich an die Worte ihres Vaters. Und am besten geschah dies öffentlich. Zur Mahnung an alle anderen, Rom und den Kaiser nicht ebenfalls herauszufordern!

Aber weder Lavinias Vater noch sie selbst hatten dies je in Frage gestellt. Weshalb auch? Es war eben so, war schon immer so gewesen. Und bei anderen Völkern verfuhr man ähnlich; eine natürliche Sache also.

Armin denkt hier ein wenig anders, wurde es Lavinia in diesem Moment klar. *Niemals hätte ich gedacht, dass er das für Unrecht hält ... oder gar dagegen aufbegehrt!*

„Armin!“, flüsterte sie erschrocken. „Was redest du denn da? Weißt du nicht, dass ...!“

Lavinia unterbrach sich mitten im Satz, es verschlug ihr beinahe den Atem, als ihr bewusst wurde, mit welch merkwürdigem, fast schon herausforderndem Blick er sie musterte.

Dann aber nickte er ihr nur einmal kurz zu und sagte für den Rest des Ausritts kein Wort mehr. Natürlich wusste er es ...!

*

Die milden Tage des Herbstes waren gezählt; Immer öfter wurden sie von solchen abgelöst, an denen ein kalter Wind von Norden dunkle Wolken mit sich brachte.

Trotz allem ließ sich Lavinia nicht von ihren geliebten Ausritten abbringen, es sei denn, es regnete schon am frühen Morgen so stark, dass daran nicht zu denken war.

Die Bäume des Waldes hatten inzwischen bereits den größten Teil ihres Laubes abgeworfen und reckten ihre kahlen Äste in den Himmel. Die Schwärme kleiner Vögel, die noch vor wenigen Tagen den Himmel bevölkert hatten, waren verschwunden, und die Welt um sie herum schien sich auf das vorzubereiten, was bald kommen sollte ... den Winter.

Armin hatte ihr den germanischen Namen dieses Monats, den man im römischen Kalender als November bezeichnete, genannt: *Nebelung*!

Dieses Wort klang schön und melodisch in Lavinias Ohren, allerdings wurde ihr seine Bedeutung erst in dem Augenblick wirklich bewusst, als sie eines Tages einen weiten Ausritt machten und darüber die Zeit ein wenig vergaßen.

Als die beiden Legionäre dann schließlich zur Rückkehr mahnten, setzte bereits die Dämmerung ein.

Schnell war die Sonne hinter den Bergen im Westen verschwunden, die Luft wurde merklich kühler und über den Wiesen, entlang des kleinen Flusses, an dem sie gerastet hatten, begannen weißliche Schwaden aufzusteigen. Erst war es nur ein wenig dunstig, die Umrisse der Büsche und Sträucher in ihrer Nähe wurden weich und undeutlich, dann aber verschwanden sie

völlig hinter einem feuchten, undurchdringlichen Schleier.
Bald konnte man kaum noch die eigene Hand vor Augen sehen, so dicht war der Nebel.
Selbst die beiden Legionäre, die nur wenige Meter entfernt warteten, schienen völlig verschwunden, beinahe wie vom Erdboden verschluckt. Lavinia blickte Armin, der direkt neben ihr stand und die Zügel ihrer Pferde in der Hand hielt, fragend ins Gesicht.
Aber er lächelte sie nur an und schien sich keine besonderen Gedanken zu machen.
Wieder einmal kam es ihr so vor, als habe er diesen spöttischen Ausdruck auf dem Gesicht, wie fast immer, wenn etwas eintrat, das sie ängstlich werden ließ und es, aus seiner Sicht, keinen Anlass dazu gab.

„Nebelung!“, sagte Armin nur.
Lavinias fragender Gesichtsausdruck amüsierte ihn. Erklärend fügte er dann hinzu: „Na, eben der Monat, in dem es oft nebelig ist!“
Das Mädchen konnte daraufhin nur nicken. Sie wartete, bis Armin ihr aufs Pferd geholfen hatte und blickte sich anschließend suchend um.

Ihre beiden Beschützer waren nirgends zu entdecken, auch wenn sie wusste, dass die Männer nicht allzu weit entfernt sein konnten.

Stattdessen rauschte es plötzlich in den Bäumen und Sträuchern und Wind kam auf.

Lavinia meinte sogar, so etwas wie ein Flüstern zu hören. *Die Stimmen der Geister?*, fragte sie sich beklommen.

„War da drüben nicht etwas? Ich meine da hinten, zwischen den Bäumen am anderen Ufer." Lavinias Stimme zitterte ein wenig, als sie zu Armin hinübersah. „Ich glaube, ich habe Stimmen gehört! Vielleicht sind das die Geister. Cornelia hat gesagt, dass es hier außerordentlich viele davon gibt."

Aber der Junge lächelte nur, schüttelte skeptisch den Kopf und trieb sein Tier leicht an. Dann lenkte er es die Uferböschung hinauf. Lavinias Hengst folgte seinem Artgenossen, ohne dass sie etwas tun musste. Nur wenige Minuten später sahen sie bereits die großen Schatten der beiden Soldatenpferde vor sich auftauchen. Sie atmete erleichtert auf, sehr darauf bedacht, dass Armin es nur ja nicht bemerkte. Sie schämte sich nämlich ein wenig, immer so ängstlich zu sein.

*

Nur wenige Tage später verhalf ihnen *Nebelung* zu einer völlig unverhofften Freiheit, einem kleinen Abenteuer, das sie so nicht erwartet hatten.

Der Morgen war klar und nicht besonders kalt, einzig der Wind, der von Norden wehte, brachte eine frische Brise mit sich.

Sie ritten, wie so oft in der letzten Zeit, einige hundert Meter vor ihren Begleitern her.

Kein Problem, führte sie ihr Weg doch über ein offenes Feld, und eine mögliche Gefahr war lange vorher zu erkennen. Die beiden Legionäre schienen Armin inzwischen so weit zu vertrauen, dass es ihnen genügte, wenn sie ihn sehen konnten. Einen Fluchtversuch befürchteten sie wohl nicht.

Ihr Ziel war, wie schon häufiger, das Ufer eines kleinen Baches, der sich in der Nähe durch den Wald schlängelte.

Sie unterhielten sich gerade darüber, dass wohl bald der Winter kommen würde, und so bemerkten sie zuerst nicht, wie sich etwas veränderte. Der Wind frischte auf, die Luft wurde zunehmend feuchter, je näher sie dem Wald und damit dem Bach kamen. Erst, als sie ihr Gespräch kurz unterbrachen, um sich nach den zwei Legionären umzublicken, stellten sie fest, dass die beiden verschwunden waren.

Nebel! Undurchdringlicher, dichter Nebel umgab sie jetzt wie ein weißer Mantel! Lavinia und Armin konnten kaum den Boden erkennen, schon gar nicht die Männer, die sich wahrscheinlich ein gutes Stück hinter ihnen befanden.

Lavinia wurde es trotz des kühlen Windes heiß zumute. Wie hatten sie nur so unachtsam sein können? Was sollten sie jetzt tun? *Vater hat mich doch streng ermahnt, immer in der Nähe der Soldaten zu bleiben*, erinnerte sie sich mit einem mulmigen Gefühl. *Nie hätte er es zugelassen, dass ich mich so weit von ihnen entferne, wie wir es uns zur Gewohnheit gemacht haben.*

Aber solange Armin in ihrer Nähe war, fühlte sich Lavinia sicher.

Er kannte sich gut aus und wusste immer den Weg zurück, selbst wenn sie keine Ahnung mehr hatte, wo sie sich befanden. *Und eine wirkliche Bedrohung oder Gefahr, hat es doch bisher nicht gegeben*, beruhigte Lavinia sich wieder ein wenig. Sie fand die Forderung ihres Vaters, immer nur in Begleitung der zwei bewaffneten Soldaten auszureiten, übertrieben. *Ich bin doch kein kleines Mädchen mehr, ich kann sehr gut alleine auf mich aufpassen*!, sprach sie sich selbst Mut zu. Doch jetzt, im dichten

Nebel, mitten auf diesem Feld, an einem Ort, an dem es keinen richtigen Weg gab, dem man folgen konnte, jetzt wünschte sich Lavinia ihre beiden Begleiter an ihre Seite. Ein wenig ängstlich blickte das Mädchen sich um und versuchte, irgendetwas zu entdecken, was ihnen als Orientierung dienen könnte. Nichts!

„Und was jetzt, Armin? Sollen wir versuchen, Quintus und Octavius zu rufen? Vielleicht können sie uns ja doch hören."

Aber Armin schüttelte abwehrend den Kopf und machte ihr ein Zeichen, still zu sein. Dann deutete er mit dem Zeigefinger vor sich, in den dichten Nebel hinein.

Lavina verstand zwar nicht, was Armin meinte, dennoch folgte ihr Blick seinem ausgestreckten Zeigefinger.

Sie kniff die Augen zusammen, um schärfer sehen zu können. Aber nein, dort war nichts! Beim besten Willen konnte sie nichts entdecken. Nur eine weiße undurchdringliche Wand aus feuchter Luft, die sie ringsum einschloss.

Gerade wollte Lavinia ihn fragen, was er denn eigentlich meinte, da zuckte sie zusammen. Da war etwas, ganz in ihrer Nähe. Lavinia hatte ein Geräusch gehört.

Welche unheimlichen Wesen mochten sich wohl im Nebel verbergen? Geister vielleicht?

Dann, wie durch Zauberhand, öffnete sich die dichte Nebelwand ein wenig, das Sonnenlicht brach sich an der weißen Masse, und das Geheimnis lüftete sich.

Es waren Wildschweine! Eine ganze Rotte, mindestens fünfzehn Tiere. Ausgewachsene Sauen und halbwüchsige Jungschweine. Mit zufriedenen Grunzlauten wälzten sie sich in einer schlammigen Vertiefung, die direkt vor ihnen lag, nur wenige Meter entfernt.

Die Schweine schienen sie noch nicht bemerkt zu haben, denn sie ließen sich in ihrem Treiben überhaupt nicht stören. Sie tobten herum und zeigten ihre Freude, lebendig zu sein. Lavinia musste beinahe laut loslachen, als sie ihnen dabei zusah, und auch Armin wirkte sehr amüsiert.

Eine ganze Weile verbrachten die beiden damit, die Tiere zu beobachten, bis endlich eines von ihnen aufmerksam wurde und Alarm gab.

Innerhalb weniger Augenblicke waren sie im Nebel verschwunden, so schnell, als wären sie nie da gewesen.

Über dieses Erlebnis hinweg hatte Lavinia nahezu vergessen, dass sie ein ganz anderes Problem hatten, doch Armin schien völlig unbesorgt.

Gelassen nahm er die Zügel ihres Hengstes in eine Hand, trieb sein eigenes Pferd ein wenig an und ließ es anschließend seinen Weg zurück selbst suchen. Bereits kurze Zeit später trafen sie auf ihre beiden, inzwischen ziemlich nervösen Begleiter. Die Legionäre wirkten erst einmal sehr erleichtert, ihre Schutzbefohlenen wiederzusehen, es dauerte jedoch nicht lange, bis sie mit vorwurfsvollen Blicken zu Armin herübersahen.
Wahrscheinlich machen jetzt ihn dafür verantwortlich, dass sie uns aus den Augen verloren haben, überlegte Lavinia gerade, da kam Quintus auch bereits auf den Jungen zu. Er blieb unmittelbar vor Armins Pferd stehen, griff ihm dabei grob in die Zügel und stellte den Jungen anschließend ziemlich unfreundlich zur Rede.
„Was fällt dir ein, Sklave? Du weißt genau, dass deine Herrin in unserer Nähe bleiben soll. Wie kannst du es wagen, dich so weit von uns zu entfernen? Du hast sie dadurch in große Gefahr gebracht! Warte nur ab, das werden wir melden, sobald wir wieder im Kastell sind. Es wird deinem Herrn nicht gefallen, wenn er es hört. Du kannst dich schon mal darauf gefasst machen, dass er dich dafür bestrafen lässt!"
Wie benommen hörte Armin Quintus diese Anschuldigungen aussprechen. *Das ist sicher keine leere Drohung*, dachte er sofort, *die ganze Sache kann ziemlich übel für mich*

ausgehen. Nur zu gut erinnerte er sich noch an die Tracht Prügel, die er erst vor wenigen Wochen bezogen hatte. Eine Erfahrung, die Armin ganz sicher nicht noch einmal machen wollte. Dass er allerdings hilflos seinem Schicksal ausgeliefert war, erfüllte ihn mit Furcht und Wut. Ohnmächtiger Wut! Etwas zu seiner Verteidigung vorzubringen, ganz egal, was es auch wäre, würde Armin nicht weiterhelfen, würde Quintus' Entscheidung nicht beeinflussen. Genau genommen war der Soldat noch nicht einmal verpflichtet, ihn anzuhören ...

Lavinia aber ballte vor Wut ihre zarten Hände zu Fäusten, sie konnte ihre Empörung nur mühsam im Zaum halten.
So wollte sie das nicht stehen lassen! In ihren Augen durfte Armin nicht für jeden Fehler, den andere begangen hatten, verantwortlich gemacht werden.

„Ich denke nicht, dass du das tun wirst, Quintus. Und du auch nicht, Octavius!“, richtete sie also das Wort an die Soldaten. „Keiner von euch beiden wird etwas zu meinem Vater oder zu irgendeiner anderen Person sagen, habt ihr das verstanden? Armin kann nichts dafür, dass wir im Nebel von euch getrennt wurden.

Außerdem war es schließlich er, der mich zu euch zurückgebracht hat. Eigentlich müsstet ihr ihm dafür sogar dankbar sein. Ihr hättet uns nämlich nie gefunden. Und es war euer Fehler, dass ihr so weit hinter uns zurückgeblieben seid, oder? Wenn ich das meinem Vater erzähle, dann wird er sicher nicht begeistert sein. Ihr habt euren Auftrag vernachlässigt, den Auftrag, den euch euer Kommandant gegeben hat! Was sagt ihr dazu?"

Sie bedachte die beiden Männer mit einem herausfordernden Blick, der seine Wirkung nicht verfehlte. Quintus und Octavius jedenfalls waren nach Lavinias Zurechtweisung ziemlich blass um die Nasen herum geworden. Wahrscheinlich wurde ihnen in diesem Moment bewusst, dass die ganze Sache auch für sie selbst ernsthafte Folgen haben konnte. Sicher, wenn man es so betrachtete, hatten sie versagt. Sie hatten ihren Auftrag nicht so ausgeführt, wie man es ihnen befohlen hatte. Und sie wussten genau, dass der Präfekt ihnen ein solches Versäumnis nicht durchgehen lassen würde. Nein, bestimmt würde er das nicht tun, das war sogar ziemlich sicher, der Kommandant reagierte stets sehr empfindlich, wenn man seine Anweisungen nicht gewissenhaft befolgte!

Als Lavinia die Verunsicherung der beiden Männer bemerkte, konnte sie sich ein Lächeln nicht verkneifen. *Sonst treten sie immer so stark und selbstbewusst auf,* dachte sie triumphierend, *besonders gegenüber Armin. Doch jetzt wirken sie ziemlich kleinlaut.* Lavinia wusste sehr genau, dass die Legionäre ihres Vaters einen riesigen Respekt vor ihrem Kommandanten hatten. Und die Strafen, bereits für geringste Verstöße, waren nach römischem Gesetz drastisch. *Ich möchte lieber nicht in der Haut dieser Männer stecken*, dachte sie, *aber in diesem Fall kommt mir dieses Wissen sehr gelegen.*

„Herrin, bitte, es war nicht so gemeint ... natürlich werden wir kein Wort darüber verlieren!
Wieso sollte der Sklave eine Strafe erhalten, wenn doch eigentlich gar nichts passiert ist? Aber, Herrin, Ihr werdet Eurem Vater gegenüber doch nichts erwähnen? Es ... nun ..."
Als Lavinia merkte, dass Quintus die richtigen Worte fehlten, lächelte sie nochmals, bevor sie ihm in einem ziemlich überheblichen Tonfall antwortete.
„Nun, meine Herren, ob ich meinem Vater gegenüber etwas darüber erwähne, hängt sicher ein wenig von eurem künftigen Verhalten ab!

Ich erwarte von euch, dass ihr auch in Zukunft nicht ganz so dicht hinter mir her reitet. Ist das klar? Und was den Sklaven betrifft ... ich möchte nicht, dass ihr ihn für eure eigenen Fehler und Versäumnisse verantwortlich macht. Nie mehr!"
Quintus und Octavius nickten daraufhin demütig. Sie hatten verstanden. Mit einem Blick in ihre Richtung gab Lavinia das Zeichen zum Aufbruch. Allmählich wurde es wirklich Zeit zurückzukehren, denn die Dämmerung setzte bereits ein.

*

Eines Tages hörte man bereits am frühen Morgen ein seltsam rufendes, lautes Geräusch. Fast klang es wie ein merkwürdiges Lied in einer völlig fremden Sprache. So etwas hatte Lavinia noch nie gehört, sie konnte sich nicht erklären, um was es sich dabei wohl handeln mochte. Also schob sie rasch ihre Bettdecke ein wenig zurück, schlüpfte in Windeseile in die Kleider und lief hinaus auf den Hof, denn das Geräusch schien von draußen zu kommen.
Wie sie rasch feststellte, war sie nicht alleine mit ihrer Vermutung; auch Armin und der alte Lucius befanden sich bereits hier, beide blickten konzentriert zum

Himmel, als ob man dort die Ursache der seltsamen Geräusche finden könnte.

Angestrengt tat Lavinia es den beiden gleich und versuchte, irgendetwas da oben zu entdecken. Aber da war nichts. Deshalb wandte sie sich an Armin, der direkt neben ihr stand.

„Was ist das?", fragte sie ihn. „Wer macht denn solch einen Lärm? Um diese Zeit am Morgen. Kannst du mir das erklären?"

Doch der Junge reagierte nicht. Seine Aufmerksamkeit war weiterhin auf den Himmel gerichtet, und er gab vor, Lavinia nicht zu bemerken. Er schaute nach Norden, als erwartete er, irgendetwas oder irgendjemand würde sich zeigen.

Dann jedoch, einige Minuten später, erschien ein breites Lächeln auf seinem Gesicht. Er deutete mit seinem Zeigefinger zum Himmel herauf.

„Dort, Lavinia, schau genau hin! Siehst du die vielen dunklen Punkte? Sie bilden eine Form, es sieht ähnlich aus, wie wenn ihr eine Fünf schreibt, oder ein V!"

Tatsächlich, als sie mit ihrem Blick dem ausgestreckten Finger des Jungen folgte, konnte auch sie es erkennen: Ein sehr lang gezogenes, etwas ungleichmäßiges V zeigte sich am Himmel.

Aber um was es sich hierbei handelte, wusste sie damit immer noch nicht. Fragend blickte sie Armin an.
Als er es bemerkte, seufzte er leise. Wie so oft, wenn er nicht nachvollziehen konnte, dass ihr manche Dinge aus seiner Welt einfach nicht bekannt waren.
„Kraniche, Lavinia. Sie kommen aus dem Norden. Viel weiter aus dem Norden sogar, als ich. Dort leben sie im Sommer und fliegen, wenn es ihnen zu kalt wird, in den Süden, um den Winter in einer wärmeren Gegend zu verbringen. Im Frühjahr kehren sie dann zurück. Sie machen das seit dem Anbeginn der Zeit, kein Mensch weiß, wie lange schon. Ich denke, sie tun es, weil die Götter es ihnen befohlen haben ... oder einfach deshalb, weil sie klug sind!"
Als er diese Bemerkung machte, mussten beide darüber lächeln, und auch der alte Lucius nickte zustimmend. Armin machte sich über fast alles Gedanken, und meistens fand er sehr treffende Erklärungen!
„Wenn sie hier vorbeikommen, veranstalten sie immer einen solchen Lärm. Wir, das heißt meine Leute, denken, dass sie es tun, um uns den Winter anzukündigen. Ich glaube allerdings, sie tun es einfach deshalb, um sich während ihrer langen Reise ein wenig die Zeit zu vertreiben. Vielleicht erzählen sie sich ja Geschichten über das, was sie dabei erleben oder über uns Men-

schen, die unten auf der Erde bleiben müssen und frieren, während sie selbst es im Süden schön warm haben. Vielleicht lachen sie auch über unsere Dummheit, wer kann das schon wissen?“

Mit diesen Worten wollte der Junge sich gerade umdrehen und ins Haus zurückkehren, da fiel ihm noch etwas ein.

„Wenn die Kraniche hier vorbeiziehen auf ihrer langen Reise in den Süden, dann ist der Winter nicht mehr fern, dann kommen sehr bald die kalten Tage mit Schnee und Frost. Sie sind sehr klug ... sie wissen das!“

*

Doch die nächsten Tage brachten erst einmal dichte Wolken und Regen, der ohne Unterlass vom Himmel fiel. Eine Witterung, bei der selbst Lavinia es vorzog, dem Unterricht von Lucius zu folgen, statt in der Gegend herumzureiten.

Immer häufiger leistete ihr nun auch Armin Gesellschaft dabei, immer dann, wenn Lucius keine anderen Aufgaben für ihn vorgesehen hatte.

Und nicht nur dem Mädchen, sondern natürlich auch dem alten Diener fiel bei dieser Gelegenheit auf, wie klug und wissbegierig Armin war. Rechenaufgaben löste er oft schon, bevor Lucius mit seinen Erklärungen fertig war. Lateinische Texte, etwa die Schriften Caesars und anderer Feldherren, konnte er bald auswendig wiederholen. In allen Dingen, die mit der Geografie Germaniens zu tun hatten, machte ihm ohnehin niemand etwas vor.

Lucius war erstaunt, aber, wie so oft, auch besorgt. Er ahnte, dass es Schwierigkeiten geben könnte. *Vielleicht wird mein Herr es nicht gerne sehen, wenn ein Sklave so gebildet ist. Noch dazu einer, der etwas eigensinnig und aufsässig scheint, wie dieser Junge.* Einerseits zweifelte der alte Mann, andererseits fand er es schön, solch einen begabten Schüler zu haben. In diesem Jungen erkannte er vieles von dem wieder, was auch er selbst einmal gewesen war. *Damals,* dachte er wehmütig, *vor vielen Jahren, als ich noch in meiner Heimat lebte ... da hatte ich Träume.* Lucius seufzte tief, als er sich an diese Dinge zurückerinnerte. *Ja, das ist lange her, und manchmal, nur sehr selten erlaube ich es mir, ein paar Gedanken daran zu verschwenden.*

*

„Wieso Oda? Was bedeutet eigentlich dieser Name? Und wie kommst du überhaupt dazu, eine Eule zu besitzen? Ich meine, normalerweise sind das doch wilde Vögel. Kein anderer, den ich kenne, hat ein solches Tier."

Auch an diesem Abend war Oda, die Uhudame, zu ihnen in den Hof gekommen.

Armin hatte mehrere Mäuse gefangen, die er seiner gefiederten Freundin nun anbot, und diese nahm sie begierig entgegen.

Wahrscheinlich hauptsächlich deshalb, weil sie sich so die Mühe des Jagens ersparte, denn eigentlich war sie nicht darauf angewiesen, sich füttern zu lassen. Oda konnte sehr gut alleine für sich sorgen!

Sie war frei, ganz im Gegensatz zu ihrem menschlichen Freund, und Armin wurde jedes Mal wieder schmerzlich daran erinnert, wenn Oda sich nach einiger Zeit von ihm verabschiedete, indem sie ihre großen Schwingen ausbreitete und schließlich lautlos wie ein Schatten in der Nacht verschwand.

Dann blieb ihm nur, ihr traurig hinterherzusehen. Armin war tief in seine Gedanken versunken, als er sich mit ihr beschäftigte, ihr eine Maus nach der anderen reichte, und anschließend dabei zusah, wie sie ihre Mahlzeit genüsslich verspeiste.

So kam es dann, dass er Lavinias Fragen zunächst gar nicht hörte. Erst als sie ihn nochmals ansprach, reagierte er. Ein wenig erstaunt sah er das Mädchen an.

„Was?“, fragte er. Der Junge musste sich erst etwas sammeln, bevor er ihr antworten konnte.

„Ach ja, entschuldige bitte. Ich habe ganz vergessen, dass du da bist. Ich war in Gedanken.

Also: „Oda“ heißt in meiner Sprache ... in etwa so viel wie „diejenige, die ihren Besitz schützt“.

In meinem Fall aber wohl eher „die Beschützerin“. Ich fand das ganz passend, für eine Eule.

Du weißt doch sicher, dass sie in der Lage sind, zwischen den Welten zu wandern und zu vermitteln; ich meine damit, zwischen den Lebenden und den Verstorbenen. Auch sind sie sehr klug, sie werden ziemlich alt und sie kennen das Schicksal. Nun ja, zumindest ist es das, was man bei uns, bei meinem Volk, glaubt. Außerdem bleiben sie ihrem Partner ein Leben lang treu, etwas, das nicht einmal allen Menschen gelingt. Sie sind eben etwas ganz Besonderes!“

Für eine ganze Weile schwieg Armin, denn es fiel ihm sehr schwer, über seine Vergangenheit zu sprechen.

In den Jahren seiner Gefangenschaft hatte er es sich fast abgewöhnt, darüber nachzudenken, woher er kam und wer er einst gewesen war. *Es fällt mir leichter, mein Schicksal zu ertragen, wenn ich mich nicht mehr an diese Dinge erinnere*, überlegte er traurig.

Wenn ich mich nicht immerzu frage, weshalb ich jetzt jemand anderes bin, wenn ich nicht mehr darauf hoffe, irgendwann wieder mein altes Leben führen zu können, dann ist es für mich erträglicher. Aber manchmal kommen eben die Erinnerungen zurück, seufzte er leise, *und dann ist es jedes Mal sehr schlimm für mich* … Oft dauerte es mehrere Tage, bis Armin wieder zur Ruhe fand.

Er hatte seine Familie und seine Freunde wohl für immer verloren und würde sie vermutlich nie mehr wiedersehen. Es sein denn, aber das blieb nur eine vage Hoffnung, das Römische Reich bräche zusammen und alle Gefangenen könnten in ihre Heimat zurückkehren.

Armin hatte sich in seinen Gedanken weit vom Hier und Jetzt entfernt.

„Du irrst“, sagte er schließlich leicht gereizt zu Lavinia, wenn du meinst, dass sie mir gehört. Sie gehört mir nicht! Sie gehört niemandem, außer vielleicht sich selbst, denn sie ist frei!

Und das ist auch gut so, denn es ist das, was die Götter bestimmt haben! Jeder sollte frei sein, Lavinia! Er hielt kurz inne, bevor er weitersprach.

„Ich kenne Oda, weil ich sie gefunden habe, damals, vor etwas mehr als vier Jahren. Sie war aus dem Nest gefallen, hatte sich dabei ihren Flügel gebrochen.
Ein junger Vogel ist absolut hilflos, musst du wissen, besonders in einer solchen Situation. Sie wäre gestorben, hätte ich mich nicht um sie gekümmert. So habe ich sie großgezogen, ihr all das beigebracht, was eine Eule wissen muss."
Als er daran zurückdachte, musste er lächeln.
„Ich habe ihr sogar beigebracht zu fliegen und Mäuse zu jagen, auch wenn du mir das jetzt nicht glaubst. Aber es ist die Wahrheit, ich lüge dich nicht an!"
Lavinia, die ihm sehr interessiert zugehört hatte, fühlte deutlich, wie traurig Armin war, wenn er von früher erzählte. So versuchte sie dann, Armin ein wenig von seinen trüben Gedanken abzulenken, indem sie ihm eine weitere Frage stellte, ohne dabei allerdings zu ahnen, dass sie dadurch alles nur noch schlimmer machte.
„Und wie kommt Oda dazu, hier zu sein? Ich meine, du selbst bist noch nicht so lange hier, oder? Ihr kanntet euch vorher ..."
Armin blickte ihr nun direkt ins Gesicht, seine Augen weiteten sich vor Schreck. Anschließend atmete er mehrfach tief durch, als schien er um seine Selbstbe-

herrschung zu ringen. Sofort wurde Lavinia bewusst, einen schweren Fehler begangen zu haben.

Ich habe etwas erwähnt, über das er lieber nicht sprechen will! Wahrscheinlich will er nicht einmal daran denken ...!

„Es tut mir leid, Armin“, erwiderte sie deshalb schnell und senkte beschämt den Blick. „Wenn du nichts darüber erzählen möchtest, werde ich dich natürlich nicht dazu zwingen; ich wollte doch nur verstehen, wieso ...“

Dem Mädchen versagte nun die Stimme, und für eine lange Zeit sprach keiner der beiden ein Wort. Stumm beobachteten sie Oda, wie diese ihre letzte Maus verschlang. Als die Eule damit fertig war, blickte sie noch einmal kurz zu ihren menschlichen Freunden herüber, breitete dann ihre großen Schwingen aus und erhob sich, ohne die geringste Mühe und völlig lautlos, in die Lüfte.

Lavinia blickte ihr versonnen nach, bis man sie nicht mehr erkennen konnte. Sie war völlig in ihre Gedanken versunken, als Armin sich schließlich leise räusperte.

„Wusstest du eigentlich, dass sie, ohne ein Geräusch zu verursachen, fliegen können? Ihre Federn sind anders, als die aller übrigen Vögel, deswegen ist es ihnen möglich. Wahrscheinlich kommt daher auch der Glaube, dass sie mit der Geisterwelt in Verbindung stehen.

Man hört sie einfach nicht, wenn sie kommen und gehen, genau wie die Geister ..."
Er musterte Lavinia mit einem nachdenklichen Blick. „Aber du hast mich etwas gefragt", sprach er dann weiter. „Und mein Vater hat mich gelehrt, dass es sehr unhöflich ist, Fragen nicht zu beantworten. Also: Ja, du hast recht, ich kannte Oda schon vorher. Als man mich hierherbrachte, war sie bereits erwachsen. Eigentlich hätte sie fortfliegen können, wohin sie wollte, aber sie zog es vor, in meiner Nähe zu bleiben. Sie ist mir bis hierher gefolgt und besucht mich fast jeden Tag. Ich glaube, sie spürt, dass ich sie brauche ..."
Lavinia nickte. Sie hatte ihn verstanden. Leise verabschiedete sie sich und überließ Armin seinen Gedanken. *Wahrscheinlich hat er mir heute mehr über sich erzählt, als er eigentlich wollte*, überlegte sie nachdenklich, *mehr sogar, als er irgendjemandem sonst bisher erzählt hat!* Wieder einmal überkam Lavinia für einen kurzen Moment dieses seltsame Gefühl, das sie sich nicht so recht erklären konnte.

Ob das alles hier, die Ordnung dieser Welt, wirklich der Wille der Götter ist?, fragte sie sich zweifelnd. *Oder ist es eher das, was die Menschen daraus machen? Und wenn es die Götter sind, die darüber bestimmen, ob ein Mensch frei ist oder ein Sklave, welche Götter sind es dann wohl? Die der Römer, die der Barbaren, oder vielleicht andere, von denen ich noch nichts ahne?*

Wenn man so über die Dinge nachdachte, kamen Zweifel auf. Zweifel an all dem, was Lavinia bisher ganz selbstverständlich für Recht und Ordnung gehalten hatte, vor allem aber Zweifel an *ihrer* bisherigen Sicht der Dinge. Lavinia seufzte leise, in ihrem Kopf wirbelten die Gedanken wild durcheinander. *Ja, das ist etwas, was mich sehr beunruhigt.*

*

Als sie früh am nächsten Morgen das Haus verlassen wollte, stutzte sie kurz. Was war denn das? Alles war weiß! Kein Nebel, der ihr die Sicht nahm, und wie sie es bereits kannte.

Nein, der Himmel über ihr leuchtete in einem reinen, tiefen Blau, die Sonne war inzwischen über der großen Ebene zu sehen und ließ das Weiß umso strahlender und heller erscheinen. Es glitzerte überall um sie herum, fast so, wie der wertvolle Diamantschmuck, den sie einmal bei einem Besuch im Palast des Kaisers in Rom gesehen hatte. Erst nach einigen Minuten des Überlegens wagte Lavinia, ihre Hand danach auszustrecken.

Es fühlt sich kalt und irgendwie feucht an, wunderte sie sich, *und wenn ich es genauer betrachte, dann ist es noch nicht mal eine einheitliche weiße Masse. Vielmehr sind es unendlich viele, winzige Kristalle, und sie sehen fast aus wie filigrane Sterne oder Blumen.*

Lavinia war vollkommen fasziniert. *So etwas habe ich ja in meinem ganzen bisherigen Leben noch nicht gesehen!*, staunte sie. *Ich will ein wenig davon mitnehmen, um es Armin zu zeigen*, überlegte sie, *vielleicht weiß er, um was es sich handelt.* Sogleich machte sich daran, ihr Vorhaben in die Tat umzusetzen. Rasch holte sie ein kleines Tongefäß aus dem Haus und füllte dieses bis zum Rand mit diesem seltsamen weißen Etwas, um es anschließend herüber zu dem Gebäude zu tragen, in dem der Junge seine Unterkunft hatte.

Bestimmt liegt er noch auf seinem Lager, vermutete sie, *Armin ist ein richtiger Langschläfer. Nie steht er so früh am Morgen auf, es sei denn, man zwingt ihn dazu.*

Da ihr Vater für einige Tage das Kastell verlassen hatte und Lucius ihn auf dieser Reise begleitete, nutzten fast alle übrigen Diener und Sklaven die Zeit, um ein wenig länger zu schlafen.

In dieser Jahreszeit gab es ohnehin nicht allzu viel zu tun. Lediglich die täglichen Arbeiten im Haus mussten erledigt werden, denn die Felder wurden erst im Frühjahr wieder bestellt, das Vieh blieb im Stall und wurde nicht auf die Weide getrieben. Alles ging ein wenig ruhiger und gemächlicher zu ...

„Schau nur, Armin! Sieh dir das an, dieses Zeug liegt überall dort draußen rum ... auf den Mauern, Dächern und Wegen. Weißt du vielleicht, was das ist? Es ist ganz weiß und glitzert, sobald die Sonne darauf scheint!“

Lavinia war so aufgeregt über ihre neue Entdeckung, dass sie sich sehr beeilte, zu dem kleinen Gebäude zu gelangen, in dem man Armin eine Kammer zugewiesen hatte.

Eigentlich handelte es sich hierbei lediglich um eine Ecke des Stalles, in der man vorher Getreide und Heu für die Pferde gelagert hatte.

Er hatte sich mehrere leere Futtersäcke mit Stroh gefüllt, die er nun als Bett benutzte. Zwei weitere hatte er zusammengenäht und mit den Federn ausgestopft, die immer dann anfielen, wenn die Frauen in der Küche eine Gans oder ein Huhn auf den Tisch brachten. So hatte sich Armin auf einfache Art und Weise ein einigermaßen gemütliches Lager geschaffen.

Aber natürlich war es in keiner Hinsicht mit dem Bett zu vergleichen, in welchem Lavinia schlafen durfte.

Ganz davon abgesehen, dass seine Unterkunft keine Feuerstelle besaß und natürlich auch nicht über eine Fußbodenheizung verfügte wie die meisten Wohngebäude der Offiziere. So kam es Lavinia jetzt, da sie eintrat, ziemlich kalt vor.
Wie bereits vermutet lag Armin noch unter seiner Decke, welche er bis über seine Ohren hochgezogen hatte, er schien tief und fest zu schlafen. Zumindest rührte er sich nicht sofort, als sie die Kammer betrat.

„Armin, Schlafmütze! Wach auf, es ist bereits hell, und dort draußen liegt überall *das* hier herum!“
Lavinia wollte ihn bestimmt nicht ärgern, als sie den Inhalt ihres Gefäßes nun über ihm entleerte, in der Annahme, dass das kühle weiße Etwas ihn nicht sonderlich stören würde. Als sie den Krug jedoch umdrehte, kamen stattdessen nicht nur Kristalle heraus, sondern auch ein Schwall kalten Wassers!
Armin war sofort wach, mit einem lauten Aufschrei schoss er fast senkrecht in die Höhe. Mit wütend funkelnden Augen starrte er sie an. Lavinia war völlig überrascht, sie richtete ihren ungläubigen Blick auf den jetzt leeren Krug und begriff gar nicht, wie das passieren konnte.

„Bist du völlig verrückt?“, blaffte er sie an. „Was sollte das denn? Kannst du mich nicht anders wecken? Ich habe mich zu Tode erschreckt, und außerdem ist mein Bett jetzt völlig durchnässt! Was war das nur für eine dumme Idee?“

Lavinia, starr vor Schreck, wusste nicht, was sie ihm darauf erwidern sollte, war sie doch selbst verwundert darüber, dass der Krug nun auch einfaches Wasser enthielt, statt der weißen wunderschönen Kristalle.

Wie konnte das nur sein? So blickte sie Armin ziemlich hilflos an und war kurz davor, in Tränen auszubrechen.

Doch der Junge beruhigte sich schnell wieder. Er benutzte sein Hemd, um sein Gesicht und die Haare ein wenig zu trocknen und schien, nachdem er einen kurzen Blick durch die Tür geworfen hatte, bereits zu ahnen, wo das Problem lag. Als er zudem Lavinias verzweifelten und fragenden Gesichtsausdruck bemerkte, konnte er sich ein Lächeln nicht verkneifen.

„Du willst mir jetzt nicht erzählen, dass du noch nie Schnee gesehen hast?“, fragte er sie und grinste. „Du bist doch in einem Alter, in dem man so etwas wissen muss. Oder schneit es in Rom nie?“

Als Lavinia daraufhin den Kopf schüttelte, meinte er nur vielsagend:

„Na, dann sollten wir heute aber unbedingt einen Ausritt machen. Du wirst staunen, was man so alles mit Schnee anfangen kann. Am besten, du ziehst dir etwas Warmes an, dann brechen wir auf. Wir müssen nur einen geeigneten Abhang finden ... warte es ab, du wirst viel Spaß haben!“

*

Sie hatten wirklich viel Spaß! Lavinia hätte das nie für möglich gehalten. Und als dann sogar ihre beiden strengen Begleiter, Quintus und Octavius, einige Male den steilen Abhang hinunterrutschten und vor Vergnügen laut lachten, wenn sie unten ziemlich unsanft von einem Schneehaufen gestoppt wurden, konnte auch sie sich nicht mehr zurückhalten.
Armin hatte recht gehabt, als er diesen Ausflug vorschlug, auch wenn sie zunächst etwas misstrauisch gewesen war, bezüglich dieses komischen Gefährts, das er angeschleppt hatte. Dieser *Schlitten,* wie er ihn bezeichnete, war etwas, was das Mädchen so noch nie zuvor gesehen hatte.
Er war aus Holz gefertigt und besaß zwei mit Metall beschlagene Kufen, die man unter einer kleinen Bank befestigt hatte.

Normalerweise, so hatte Armin ihr erklärt, verwendeten ihn die Menschen in dieser Gegend dazu, um Holz zu transportieren oder auch andere Güter. Immer dann, wenn die Wege und Straßen tief verschneit waren, nutzte man ihn. Irgendwann mochten einige Kinder auf den Gedanken gekommen sein, etwas anderes damit zu machen.

Zumindest eignete sich dieser Schlitten hervorragend dazu, den steilen Hang herabzusausen. Auch wenn man dabei sehr aufpassen musste, damit man nicht in einer Schneeverwehung oder in einem zugeschneiten Graben landete. Oder gar an einen Baum prallte ...

Sie verbrachten viele Stunden damit, im Schnee herumzutoben, immer wieder rutschten sie in einem atemberaubenden Tempo den Hang herunter und rannten anschließend zurück nach oben. Schließlich war Lavinia völlig am Ende ihrer Kräfte und glücklich wie schon sehr lange nicht mehr. Sogar Armin schien, wenigstens für diese kurze Zeit, vergessen zu haben, weshalb er eigentlich hier war. Für eine kleine Weile war auch er einfach nur ein vierzehnjähriger Junge, der mit einer Freundin im Schnee spielte ...

*

Der Winter hatte das Land fest in seinem eisigen Griff, der Nordwind brachte an vielen weiteren Tagen dichte graue Wolken und große Mengen neuen Schnees.
Noch manches Mal vergnügten sich Armin und Lavinia mit dem Schlitten, aber es gab auch unzählige lange Tage, an denen sie das Kastell nicht verlassen konnten, weil ein Schneesturm tobte oder die Temperaturen so niedrig waren, dass sogar die Atemluft zu gefrieren schien.
Noch vor nicht allzu langer Zeit hätte Lavinia es nicht für möglich gehalten, dass es überhaupt so kalt sein konnte, dass es irgendeinen Ort geben könnte, an dem alles um sie herum erstarrte. Bäume, Sträucher, das Wasser, die wenigen Tiere, die sich draußen zeigten ... alles schien in Bewegungslosigkeit zu verharren.
Die Welt hielt für einige Zeit den Atem an, und tobte nicht gerade ein Schneesturm, dann war es unbeschreiblich still und friedlich.

An den Tagen, an denen sie das Haus nicht verlassen konnten, saßen Lavinia und Armin meistens in der Nähe der warmen Feuerstelle des Hauses und bemühten sich darum, die Schulaufgaben zu lösen, die ihnen Lucius stellte.

Meistens war es Armin, der zuerst damit fertig war, und jedes Mal, wenn ihr strenger Lehrer nicht gerade in ihre Richtung blickte, half er anschließend Lavinia dabei, ihre zu beenden.

Inzwischen hatte Lucius seinen Herrn natürlich gefragt, ob es ihm recht wäre, wenn er dem jungen Sklaven all diese Dinge beibrachte, und Marcus Julius Severus hatte ihm, nach reiflicher Überlegung, die Erlaubnis dazu erteilt.

Auch wenn es nicht unbedingt üblich war, einen Sklaven derart auszubilden, so wusste der Präfekt doch, dass seine Tochter sich darüber freute, Gesellschaft zu haben ... und es konnte ja auch nicht wirklich schaden, wenn der Junge etwas lernte. Vielleicht führte es sogar dazu, dass er sein Schicksal endlich akzeptierte.

*

An den Tagen, an denen sie trotz des Winterwetters ausritten, beschränkten sie sich meistens auf eine kürzere Runde.

Quintus und Octavius, die zwar inzwischen dazu übergegangen waren, statt der zur Uniform der Soldaten gehörenden üblichen Sandalen dicke Fellschuhe zu tragen, froren dennoch leicht. Außer ihrem wollenen

Überwurf besaßen sie kein weiteres warmes Kleidungsstück, und die Tunika, die sie unter ihrem Brustpanzer trugen, reichte ihnen nur bis zu den Knien.

Ihre Ausflüge führten meistens in Richtung des kleinen Flusses, der in der Nähe des Kastells vorbeifloss. Sie ritten das kurze Stück dorthin und legten dann eine längere Rast an einem warmen Feuer ein.

Die beiden Legionäre waren, sobald Armin dieses entzündet hatte, kaum mehr aus dessen Nähe wegzulocken.

Lavinia und Armin hingegen froren nicht so leicht. Zum einen lag das sicher daran, dass sie sich viel mehr bewegten, als die beiden Männer, zum anderen aber hatte Cornelia darauf bestanden, ihnen warme Kleidung zu beschaffen.

Sowohl sie als auch Armin besaßen dicke Fellschuhe, einen pelzgefütterten Mantel und warme wollene Hosen. Cornelia hatte sogar für Lavinia Hosen genäht, da diese Bekleidung ihrer Ansicht nach beim Reiten praktischer und wärmer war.

Auch Handschuhe aus weichem Kaninchenfell besaßen sie, seit es Armin gelungen war, mehrere dieser Tiere in Schlingen zu fangen. Lavinia hatte zunächst Mitleid mit den niedlichen Tieren, wusste aber inzwischen deren warmen Pelz sehr zu schätzen.

So konnten die beiden dann, trotz der herrschenden eisigen Kälte, ihre Ausflüge genießen. Und zudem ergaben sich jetzt vorher ungeahnte Möglichkeiten!

Da die beiden Legionäre in der Nähe des Feuers blieben, war es für Lavinia und Armin nicht schwer, sich in einiger Entfernung einen ungestörten Platz zu suchen.

Mit der Zeit wurden sie dabei immer mutiger. Hatten sie sich zunächst darauf beschränkt, in Sichtweite zu bleiben, entfernten sie sich jetzt jeden Tag etwas weiter von ihren Beschützern.

Ob Quintus und Octavius dies guthießen oder nicht, konnte Lavinia nicht so recht herausfinden, aber sie duldeten es, ohne ein Wort darüber zu verlieren. Die Legionäre schienen jedoch jedes Mal erleichtert zu sein, wenn ihre Schützlinge wohlbehalten zurückkehrten.

Es kam Lavinia fast so vor, als hätten sie ein stilles Abkommen miteinander geschlossen. Und sie und Armin freuten sich über diese neu gewonnene Freiheit.

So streiften sie durch den winterlichen Wald, beobachteten die Tiere, die sich bei schönem Wetter auf die Suche nach Futter begaben und trafen sich häufig mit Oda.

Die große Eule ahnte allem Anschein nach stets, wo sie Armin finden konnte.
Vielleicht ist sie ja wirklich weise, wie Armin immer behauptet, vielleicht lässt sie sich aber auch nur von ihren Instinkten leiten. Oder von ihrem Gefühl. Immerhin ist Armin so etwas wie eine Mutter für sie. Bei diesem Gedanken musste Lavinia unwillkürlich lächeln.
Wie dem auch sei, Oda war eines Tages plötzlich da gewesen; tagsüber, was für einen Nachtvogel eher ungewöhnlich war. Sie landete, nur wenige Meter von dem Platz entfernt, an dem sich die beiden Jugendlichen niedergelassen hatten, auf einem alten Baumstumpf.
Aber im Winter schien eben manches anders zu sein.
Von da an wurde diese kleine Lichtung mitten im Wald ihr geheimer Treffpunkt. Immer, wenn es das Wetter zuließ, kamen Armin und Lavinia dorthin, genossen die kleine Freiheit, ohne ständige Beobachtung zu sein und unterhielten sich ganz ungezwungen über all die Dinge, die ihnen wichtig schienen. Hier, an diesem Ort, war es unerheblich, dass Armin ein Sklave und Lavinia, streng genommen, seine Herrin, dass er ein Barbar und sie eine angehende Dame des römischen Adels war. Der Junge ließ sich eines Tages sogar dazu überreden, ihr einige Wörter aus seiner eigenen Spra-

che zu verraten, und Lavinia erwies sich als gelehrige Schülerin.

Schon bald war sie in der Lage, vieles zu verstehen, und Armin machte sich einen Spaß daraus, ihr Ausdrücke beizubringen, die ihre Dienerin Cornelia, ihr Vater oder auch der alte Lucius wohl als nicht angemessen für eine Dame der besseren Gesellschaft erachtet hätten.

Lavinia lachte häufig, viel mehr, als in den vielen vergangenen Monaten seit dem Tod ihrer geliebten Mutter, und sie genoss jede Minute, die sie mit Armin verbringen konnte.

Schon bald wurde ihr bewusst, dass sie ihn immer mehr als einen Freund ansah und weniger als Diener.

Und wenn man es genau betrachtete, war Armin ja noch nicht einmal das, denn nach den römischen Gesetzen, das wusste Lavinia genau, galt er als Sache, und er hatte somit nicht mehr Rechte als irgendein x-beliebiger Gegenstand. Selbst den Wert seines Reitpferdes bewertete so manch vornehmer Herr höher als den eines seiner Sklaven.

Immer, wenn Lavinia über diese Dinge nachgrübelte, kam ihr das Ganze ungerecht vor, zugleich aber war ihr natürlich klar, dass sie nichts daran ändern konnte.

Keiner würde die Umstände so schnell ändern. Und Armin wusste das sicher ebenfalls!

*

Die Tage wurden zunehmend kürzer, mittlerweile befanden sie sich in dem Monat, den die Römer als Dezember kannten und die in der Nähe ansässigen Völker als Julmond. Es war eine dunkle und kalte Zeit, in der man sich nur ungern aus dem warmen Haus bewegte.

So beschränkten sich Lavinias und Armins Ausflüge auf einige kurze Ausritte rund um das Kastell, immer in Sichtweite der beeindruckend hohen steinernen Mauern mit ihren breiten Zinnen.

Sollten Feinde die Absicht haben, diese mächtige Festung zu erstürmen, würden sie sich sehr schwer damit tun.

Denn zuerst galt es, einen doppelten Wehrgraben zu überwinden, der mehrere Meter tief und sehr breit war. Dann warteten die hohen Mauern, von denen aus die Verteidiger des Kastells, gut geschützt und verborgen hinter breiten steinernen Zinnen, ihre Pfeile verschießen und die Lanzen schleudern konnten. Lavinias Vater hatte seiner Tochter die Vorzüge des Kastells schon viele Male beschrieben, und als sie damals hier angekommen war, hatte er es sich natürlich nicht nehmen lassen, sie ein wenig herumzuführen. Vor ihnen lag erst einmal die kleine Ansiedlung, in der meistenteils die Angehörigen der Legionäre, ihre Familien, Frauen und Kinder lebten; außerdem noch Handwerker und Händler, die mit den Soldaten des Kastells ihre Geschäfte machten. Die Legionen Roms, so hatte er dem Mädchen erklärt, verfügten über große Erfahrung, wenn es darum ging, Befestigungsanlagen zu errichten. Zudem seien die Legionäre der Wache stets auf der Hut, sie könnten von den Türmen neben dem breiten Haupteingang und auch von denen an den übrigen Seiten der Wehrmauer weit ins Land blicken. So hätten sie die große Ebene im Süden, welche sich bis zum Horizont erstreckte und alles römisches Gebiet darstellte, aber auch den Norden, dort wo die Grenze, der Limes, lag, unablässig im Auge.

Denn an dieser Stelle begänne jenes Gebiet, das nicht mehr der Kontrolle Roms unterliege, das Gebiet, welches von verschiedenen Barbarenvölkern bewohnt würde. Manche von ihnen seien so vermessen, die Ansprüche Roms in Frage zu stellen!

Ein Teil davon, jedoch einer, der viel weiter im Norden lag, war, wie Lavinia inzwischen wusste, die Heimat des Volkes, dem Armin angehörte.
Ein einziges Mal nur hatte er es ihr gegenüber erwähnt, hatte er ihr den Namen genannt, den sein Volk sich selbst gegeben hatte: Cherusker! Mehr hatte Lavinia Armin nicht entlocken können, obwohl sie darauf brannte, alles über ihn und sein Volk zu erfahren.

Armin ritt stumm neben ihr her, nur ab und zu nickte er ein wenig abwesend, wenn sie eine Bemerkung machte, dann schien er erneut tief in seine Gedanken versunken.
Lavinia konnte es sich nicht recht erklären, der Junge verhielt sich in letzter Zeit sehr merkwürdig.
Seit sie gezwungen waren, in der Nähe des Kastells zu bleiben, wirkte er irgendwie verändert, er zog sich zurück und war schweigsam.
Natürlich erfüllte Armin weiterhin alle Aufgaben, die man ihm stellte, denn er hatte in dieser Hinsicht keine andere Wahl. Aber irgendetwas schien ihn zu bedrücken. Es gelang ihr nur nicht herauszufinden, was es war.
Bei Gelegenheit will ich einmal mit Lucius darüber sprechen, überlegte das Mädchen. *Auch wenn man es dem alten*

Mann oftmals nicht zutraut, so scheint er doch über viele Dinge etwas zu wissen, von denen ich keine Ahnung habe.

Da Lavinia sich inzwischen ziemlich durchgefroren fühlte und zudem in diesem Moment leichter Schneefall einsetzte, beschloss sie, den Ausritt für diesen Tag zu beenden. Sicherlich war es ratsamer, sich ins Haus, in die Nähe der Feuerstelle zu begeben und einer der Geschichten zu lauschen, die der alte Diener ihnen erzählen würde. *Vielleicht ist das auch eine Gelegenheit, Armin ein wenig aufzuheitern,* hoffte Lavinia.

*

Nur wenig später waren die Pferde versorgt, und sie konnten sich um das wärmende Feuer herum niederlassen. Lucius hatte ihnen einen heißen Kräutertee gebracht, und so wartete Lavinia gespannt darauf, dass er sich ebenfalls setzte und endlich eine seiner vielen Erzählungen zum Besten gab.

Doch der alte Mann schien diesmal anderes im Sinn zu haben. Als er es sich auf den weichen Polstern bequem gemacht hatte, blickte er nämlich zu Armin herüber, der wieder einmal nachdenklich und still am Feuer saß und in die Flammen starrte.

„Wie wäre es denn“, forderte er ihn auf, „wenn *du* uns heute etwas erzählen würdest, mein Junge? Ich bin alt, mein Gedächtnis lässt langsam nach, und mir wollen einfach keine neuen Geschichten mehr einfallen, die ich euch vortragen könnte. Ich glaube fast, mein Vorrat ist erschöpft.

Und du weißt sicher noch einige, die keiner von uns je gehört hat, oder?

Deine Leute kennen sich doch mit solch einem Wetter aus, sie leben seit vielen Generationen in diesem Land. Ich könnte mir vorstellen, dass ihr vieles über den Winter und seine Stürme zu erzählen wisst. Bestimmt sitzt ihr ebenso zusammen, um den Geschichten der Alten zu lauschen!“

Zuerst vermutete Lavinia, Armin habe die Worte des alten Lucius überhaupt nicht gehört, dann aber blickte der Junge doch endlich auf.

„Dies ist eine ganz besondere Zeit im Jahr“, begann er mit einem versonnenen Blick zu erzählen. „Zumindest empfindet es mein Volk so, und mit ihm wahrscheinlich alle, die hier leben. Die Tage werden immer kürzer, die Stürme brausen über das Land, es ist bitterkalt und dunkel. Irgendwann ist dann der Tag erreicht, an dem wir die längste Nacht des Jahres erleben.

Es ist eine feindliche, eine erschreckende Zeit, die Zeit der Toten und der Geister. Weil das so ist, entzünden wir in diesen Tagen viele Lichter in unseren Häusern, um die Dunkelheit, die uns umgibt, zu vertreiben ...

Aber natürlich wissen wir genau, dass diese Tage nicht ewig dauern, dass wir die Hoffnung haben können, dass das Licht und damit auch das Leben zu uns zurückkehrt.

Und am Tag der Sonnenwende ist es endlich soweit. Deshalb feiern wir dann ein großes Fest mit vielen Lichtern, wir entzünden Feuer, tanzen, singen und halten ein Festmahl. Es ist einfach herrlich! Alle sind fröhlich und ausgelassen, die guten Speisen, die man bereitet, die kleinen Geschenke, die man seinen Freunden und Verwandten überreicht ...“

Armin stockte in seiner Erzählung. Lavinia, die ihn aufmerksam beobachtet hatte, erkannte im Schein des Feuers, dass seine Augen glänzten und seine Wangen gerötet waren. *Es müssen wunderschöne Erinnerungen sein, die er an dieses Fest hat*, kam es ihr dabei in den Sinn, *Erinnerungen an eine unbeschwerte Zeit, eine Zeit, als er ein vollkommen anderes Leben führen durfte.*

Aber Armin war noch nicht am Ende angelangt. Er erzählte weiter. Von der Vorstellung seines Volkes, dass die Stürme des Herbstes und des Winters die

Geister der Verstorbenen wären, die mit lautem Getöse über den Himmel zögen und diejenigen, die ihnen keine Achtung entgegenbrächten, mit sich nehmen würden.

Er erzählte ihnen auch von Wodan, dem mächtigsten aller germanischen Götter, der, begleitet von seinen Raben Hugin, der Gedanke und Munin, die Erinnerung, an jedem Morgen über den Himmel ritte. Er täte dies auf seinem achtbeinigen Pferd Sleipnir, das sowohl durch den Himmel als auch auf dem Wasser gleiten könnte.

Die beiden Wölfe Geri, der Gierige und Freki, der Gefräßige, befänden sich dabei stets an seiner Seite.

Zum Schluss berichtete er noch, dass Wodan einen Wunschmantel trüge, der ihn an jeden Ort brächte, an dem er sich aufhalten wollte und mit dem es ihm sogar möglich wäre, sich unsichtbar zu machen.

Als Armin seine Geschichten von Geistern und Göttern beendet hatte, verstummte er. An diesem Abend sollte kein weiteres Wort mehr über seine Lippen kommen. In seinen Gedanken schien er weit entfernt, sehr weit sogar ...

Lavinia jedoch war tief beeindruckt. *Noch nie zuvor habe ich derart viele Dinge in so kurzer Zeit erfahren,* dachte sie.

Dinge, die mir so völlig fremd waren, Vorstellungen, die so ganz anders sind, als die meines Volkes. Armin ist ein wirklich begabter Geschichtenerzähler! Er bringt das Kunststück fertig, jeder seiner Figuren Leben einzuhauchen. Man glaubt fast, seine Götter und Geister wirklich vor sich zu sehen. Eben gerade ertappte ich mich sogar dabei, dass ich leicht zusammenzuckte, als draußen der Wind um die Ecken pfiff! Lavinia war, was äußerst selten vorkam, sprachlos, Armin imponierte ihr. Und als sie in diesem Augenblick zu Lucius herübersah, der neben ihr am Feuer saß, erkannte sie, dass es dem alten Mann wohl ebenso erging.

So endete ein ganz besonderer Abend am Feuer, und Lavinia wünschte sich sehr, dass Armin ihnen noch oft etwas erzählen würde ...

*

Die Tage gingen dahin, es blieb weiterhin kalt und dunkel, sodass Lavinia und Armin den größten Teil ihrer Zeit im Haus verbrachten. Wenigstens erlaubte man Armin inzwischen, während der Nächte im großen Wohnraum in der Nähe des Feuers zu schlafen. In seiner kleinen Kammer wäre er wahrscheinlich erfroren, so tief sanken die Temperaturen in diesen Tagen.

Seine Stimmung allerdings besserte sich nicht. Er führte die Anweisungen, die er von Lucius, Lavinia oder anderen erhielt ohne Zögern aus, aber er selbst sprach kaum noch ein Wort.

Auch während der langen Abende am Feuer, war ihm nichts mehr zu entlocken. Selbst dann nicht, wenn Lavinia ihn darum bat. Stets gab er dann vor, müde zu sein und legte sich bald schlafen.

Das Mädchen wusste langsam nicht mehr, was es machen sollte, um dieses Verhalten zu ändern, es überlegte hin und her, so lange, bis es glaubte, eine gute Idee zu haben.

Am nächsten Morgen, Armin war gerade im Stall bei den Pferden beschäftigt, sprach Lavinia Lucius darauf an. Sie benötigte dringend einen Verbündeten, wollte sie ihren Plan in die Tat umsetzen.

„Sag mal Lucius, was denkst du, sollten wir Armin nicht ein wenig aufheitern?“ Der alte Diener sah von seiner Tätigkeit auf. „Wie meint Ihr das, Herrin?“, fragte er schließlich.

„Nun, was hältst du davon, wenn wir ein Fest feiern?“, erwiderte Lavinia. „Armin ist so still in diesen Tagen, beinahe trübsinnig, und da dachte ich mir, weil er uns doch von diesem Brauch erzählt hat, wäre es eine gute Idee, ihn damit zu überraschen. Du weißt doch noch, was ich meine? Dieses große Fest zur Sonnenwende. Julfest hat er es genannt. Dabei hat er von den vielen Lichtern, einem Lagerfeuer und von gutem Essen gesprochen und davon, dass man sich an diesem Tag kleine Geschenke macht, gemeinsam singt und tanzt. Das wäre doch sicher etwas, woran er Freude hätte.

Aber natürlich kann ich so etwas nicht alleine machen. Alles soll ja geschmückt werden, viele Kerzen würden benötigt und das Festessen muss vorbereitet werden. Cornelia und du, ihr müsstet mir dabei helfen … auch die anderen Diener des Hauses." Mit einem forschenden Blick betrachtete Lavinia den alten Diener von der Seite. Für einen kurzen Moment zögerte dieser. Er fragte sich, ob er Lavinias Wunsch so ohne Weiteres erfüllen dürfte, ohne den Kommandanten darüber zu informieren. Lavinia, die Lucius' Gedanken erraten hatte, kam ihm zuvor. „Natürlich sollten wir in diesem Fall meinen Vater einweihen", sagte sie schnell. „Wenn wir ihm auch nicht unbedingt sagen müssen, dass wir das Fest eigentlich für Armin veranstalten."

Nein, dachte sie mit einem flauen Gefühl, *das können wir ihm wirklich unmöglich sagen. Ich befürchte, er würde es nicht verstehen.* Lavinia schüttelte bei diesem Gedanken verneinend den Kopf. Dann aber kam ihr die rettende Idee.

„Lucius, wir behaupten ganz einfach, dass ich es mir gewünscht hätte, dass ich von diesem Brauch der Barbaren gehört habe und solch ein Fest schön fände ...! Ach Lucius, du wirst sicher die passende Erklärung finden, da bin ich mir ganz sicher!“

*

Das große Fest fand genau an dem Tag statt, an dem auch die Germanen ihre Feiern abhielten. Und es sollte mit Sicherheit das erste *römische* Julfest sein, welches in dieser Gegend je gefeiert wurde.
Irgendwie war es Lavinia, Lucius und den anderen Bediensteten des Hauses sogar gelungen, dass alle, außer natürlich Armin, von den Vorbereitungen hierfür wussten.
Als er an diesem Abend gemeinsam mit einigen Legionären aus dem nahen Wald vom Feuerholz machen zurückkam, was natürlich eine kluge Idee von Lucius gewesen war, erwartete Armin auf dem Hof des Hauses ein riesiges Lagerfeuer.
Ein leckeres Spanferkel brutzelte vor sich hin, einige der Dienstboten spielten Musik und stimmten fröhliche Lieder an, wieder andere tanzten bereits ums Feuer herum.

Überall im und um das Haus hatte man Lichter entzündet, es roch nach gutem Essen, und die Tafel im Speisesaal war wunderschön dekoriert.

Vor Verwunderung rieb Armin sich die Augen, er konnte zunächst kaum fassen, was sich da vor seinen Augen abspielte. Erst als ihm Lavinia entgegenkam und ihn fröhlich anlächelte, wurde ihm klar, was hier vor sich ging: Lavinia hatte das Fest genau *so* ausgerichtet, wie er es ihr beschrieben hatte.

Der einzige Unterschied war, dass einige der Gäste diesmal Römer waren, sogar Legionäre befanden sich unter ihnen. Alle diejenigen, die keinen Wachdienst leisten mussten oder sonstige Aufgaben zu erfüllen hatten.

Ein germanisches Julfest in einem römischen Kastell ... das war etwas, was er so nie für möglich gehalten hätte!

Und es wurde ein fröhlicher, unbeschwerter Abend, einer, wie ihn Armin schon sehr lange nicht mehr erlebt hatte! Aber auch alle anderen Beteiligten amüsierten sich gut, es gab reichlich Essen, denn ihr Herr, Marcus Julius Severus, war außerordentlich großzügig gewesen.

Nur die besten Zutaten hatte er einkaufen lassen und diese in mehr als ausreichender Menge.

Keiner sollte behaupten können, er sei auf einem Fest des Kommandanten gewesen und habe hungrig nach Hause gehen müssen!
Einen Abend lang feierten sie also einträchtig zusammen: Römer und Barbaren, Herren und Diener, Freie und Sklaven. Beinahe war es so, als ob es all diese Unterschiede nicht geben würde, als ob all das nicht von Bedeutung wäre!

*

Armin erwachte irgendwann, tief in der Nacht. Das Fest hatte sehr lange gedauert und war erst dadurch beendet worden, dass ein heftiger Schneesturm einsetzte, der ihr Feuer im Hof langsam erstickte.
Aber da es ohnehin spät war, beschloss man, alles ein wenig zusammenzuräumen und in den Betten zu verschwinden.
Schon bald schliefen alle tief und fest, das gute und reichliche Essen, der Wein und der Met hatten rasch Wirkung gezeigt.
In der Umgebung war es sehr still, sah man einmal vom Heulen des Windes ab, der den Schnee auf den Dächern und zwischen den Häusern des Kastells ablud.

Armin hatte keine Ahnung, wie spät es war, als er erwachte, aber es musste mitten in der Nacht sein, denn das Feuer im Wohnraum war schon so gut wie heruntergebrannt.

Er lauschte, ob er irgendein Geräusch im Haus vernehmen könnte, etwas, was darauf hindeuten würde, dass noch jemand anderes wach war.

Doch aus den angrenzenden Kammern vernahm er nur das gleichmäßige Atmen der Schlafenden. Manche, wie der alte Lucius, schnarchten auch ein wenig.

Armin blieb noch einen Augenblick still liegen und wartete ab, ob sich vielleicht doch irgendetwas regte. Nichts!

Nur dieses fast beruhigende Heulen des Windes. Die Stimmen der Geister, die Armin zu rufen schienen.

Langsam richtete er sich etwas auf, um besser zum Feuer herüberblicken zu können, neben dem immer noch seine warme Kleidung lag. Er hatte sie zum Trocknen dahin gelegt, nachdem er aus dem Wald gekommen war. Seine Stiefel befanden sich ebenfalls dort, alles, was er brauchen würde, wollte er nach draußen gehen.

Soll ich es wirklich wagen? Armin zögerte. *Da draußen ist tiefster Winter, und es tobt ein heftiger Schneesturm. Es muss eisig kalt sein, leicht kann man bei einem solchen Wetter erfrie-*

ren, wenn man sich zu lange an einem ungeschützten Ort aufhält.

All das war Armin durchaus bewusst, und doch schüttelte er letztlich entschieden den Kopf.

Nein, wischte er alle Bedenken rasch beiseite, *nein, eine bessere Gelegenheit bekomme ich vielleicht nie wieder ... oder es dauert sehr lange bis dahin ... Der Schneesturm wird schnell meine Spur verwischen, es mag Tage dauern, bis man mir folgen kann, sollte der Sturm fortdauern. Wenn ich nur erst außerhalb des Kastells wäre ...!*

*

Armin erschrak fürchterlich, als ihn die fremde Hand von hinten am Kragen packte und festhielt. Verzweifelt versuchte er, sich zu befreien, schlug dabei wild um sich, um denjenigen, der ihn hielt, dadurch zu treffen. Aber der Griff lockerte sich nicht.

„Wo wolltest du denn hin, mein Junge? Mitten in der Nacht!"

Das war die Stimme des alten Lucius, und Armin war fast erleichtert darüber. Hätte ihn einer der Legionäre dabei ertappt, wie er des Nachts über den Hof des Kommandantenhauses schlich, dann ... Er wagte es kaum, diesen Gedanken zu Ende zu bringen.

Aber auch in der Stimme des alten Dieners lag eine gewisse Schärfe, auch ihm würde er einige Dinge erklären müssen. Vielleicht sogar seinem Herrn, sollte Lucius vorhaben, ihn dorthin zu bringen.

„Also, raus mit der Sprache! *Wo wolltest du hin?*“

Doch Lucius benötigte keine weitere Erklärung, als er die warme Bekleidung des Jungen bemerkte, zudem das lange, aufgerollte Seil entdeckte, welches Armin sich über die Schulter gelegt hatte.

Der kleine, gut gefüllte Beutel an seinem Gürtel, der vermutlich etwas Proviant enthielt, tat ein Übriges!

„Nun, wenn es das ist, was ich gerade denke, mein Freund, dann bist du doch dümmer, als ich angenommen habe! Wolltest du vielleicht den Stimmen der Geister folgen? Oder hast du gehofft, dass Wodan dir seinen Zaubermantel leihen würde?

Aber wir sollten diese Dinge nicht hier draußen in der Kälte besprechen“, meinte Lucius schließlich. „Meine alten Knochen können so etwas nicht mehr ertragen. Sag, wirst du freiwillig mit mir zurück ins Haus kommen oder muss ich erst die Legionäre rufen?“

Armin, der im ersten Moment noch nicht bereit war, seinen Widerstand vollständig aufzugeben, zögerte. Doch dann, ganz plötzlich, nickte er, sein Körper entspannte sich und er ließ sich von Lucius, der endlich seinen Griff ein wenig lockerte, ins Haus führen.

Im großen Wohnraum angekommen wandte sich der alte Diener Armin zu. Lange und sehr nachdenklich blickte er dem Jungen in die Augen.

„Hole etwas Holz vor der Tür, und schüre das Feuer an“, erteilte er ihm die Anweisung. „Und dann zieh deine warme Kleidung aus und setze dich zu mir. Wir müssen reden!“

Diese Aufforderung duldete keinen Widerspruch, und so tat Armin genau das, was der alte Mann verlangt hatte. Wenig später saßen sie nebeneinander am Feuer, jeder von ihnen hielt einen Becher mit heißem Kräutertee in den Händen. Gemeinsam blickten sie schweigend in die Flammen.

Noch war kein weiteres Wort gefallen, noch hingen sie ihren eigenen Gedanken nach.

Armin wusste nicht genau, worum sich die von Lucius in diesem Augenblick drehten, aber seine eigenen wirbelten gerade wild durcheinander.

Was wird jetzt nur mit mir geschehen?, fragte er sich bang. *Was wird Lucius tun?* Verzweifelt hoffte Armin, der alte Diener möge ihn nicht verraten.

Alles, mein gesamtes weiteres Schicksal, vielleicht sogar mein Leben, hängt davon ab, wie sich der alte Mann entscheidet. Nur

mit äußerster Anstrengung gelang es Armin, sein Zittern zu unterdrücken und einigermaßen ruhig sitzen zu bleiben.
Erst eine ganze Weile später räusperte sich Lucius, um etwas zu sagen, da vernahmen sie ein leises Geräusch; es war jemand in den Raum gekommen.
Erschrocken wandten sich die beiden um, als habe man sie bei etwas Verbotenem ertappt. Sie blickten zur Tür herüber und atmeten fast gleichzeitig erleichtert auf, als sie erkannten, wer sich in diesem Augenblick dort zeigte. Lavinia!
Sie stand in ihrem Nachtgewand in der offenen Tür und schien ebenso überrascht, wie es Armin und Lucius ihrerseits waren. Dennoch fasste sie sich schnell.
„Was macht ihr denn hier? Um diese Zeit? Es ist doch bereits …!“ Gerade wollte sie noch *mitten in der Nacht* hinzufügen, unterbrach sich jedoch im Satz, als sie Armins dicke Winterkleidung entdeckte, die immer noch neben ihm lag sowie seine Stiefel und das Seil! *Ein Seil*, wunderte sich Lavinia, *wozu braucht man um diese Zeit des Tages ein Seil?*

Doch dann blickte sie in das erschrockene Gesicht ihres Freundes. Sie wusste es! Ohne dass es ausgesprochen wurde, wusste sie, was passiert war.

„Wieso, Armin?“, hauchte sie. „Wieso hast du das getan?“

Das war alles, was sie in diesem Augenblick sagen konnte. Ihre Knie wurden weich, als sie begann, über die Folgen seiner Tat nachzudenken, über das, was passieren würde, wenn ...

„Lucius! Was können wir nur machen? Mein Vater darf es nicht erfahren. Nie! Keiner darf es je erfahren! Bitte ...!“

Der alte Diener gab Lavinia mit einem Wink zu verstehen, dass sie näher kommen solle.

„Beruhige dich erst einmal mein Kind, und setze dich zu uns ans Feuer. Dir wird sonst kalt werden in deinen dünnen Sachen. Ich bringe dir ebenfalls einen heißen Tee, dann reden wir. Das hatten wir nämlich ohnehin gerade vor, als du so plötzlich aufgetaucht bist. Aber vielleicht ist es ja ganz gut so.“

Nur wenig später hielt auch Lavinia einen dampfenden Becher heißen Tees in ihren Händen. Die Wärme war wohltuend, und sie beruhigte sich ein wenig, nachdem sie ein paar Schlucke davon getrunken hatte. Lucius nickte ihr noch einmal aufmunternd zu, das angekündigte Gespräch konnte beginnen. Doch das, was nun kommen sollte, war etwas, was sie so nicht erwartet hatte ... und Armin wahrscheinlich ebenso wenig.

*

„Es ist schon ziemlich lange her“, begann der alte Diener etwas zögerlich und mit ungewohnt leiser Stimme zu erzählen. Dabei glänzten seine Augen feucht, als ihm die Erinnerungen an jene Tage wieder in sein Bewusstsein drangen. Erinnerungen, von denen er nicht einmal geahnt hatte, dass es sie noch gab, bis er Armin in dieser Nacht auf dem Hof erwischt hatte.

„Ihr werdet es vielleicht nicht glauben, denn mir ging es damals ebenso, aber auch ich war einmal jung, ein Knabe. Ich muss in etwa im Alter von Armin gewesen sein, als man mich nach Rom brachte ...“

Lucius stockte. „Nun“, fuhr er nach einer Weile fort, „wie ich schon sagte ... man brachte mich nach Rom, denn freiwillig hätte ich meine Heimat sicher nicht verlassen, meine Eltern und meine Freunde, eben alles, was mir damals etwas bedeutete. Doch ich hatte keine Wahl.

Die Legionen Roms hatten meine Heimatstadt erobert, sie taten mit denen, die sie besiegten, das, was sie für richtig hielten. So, wie sie es heute ebenfalls tun ...“

Bei dieser Bemerkung richtete er seinen Blick auf Lavinia und Armin und nickte ihnen kurz zu.

„Viele wurden verschleppt, in verschiedene Provinzen des riesigen Reiches. Erst viel später sollte ich lernen, wie groß es wirklich ist ..."

Lucius blickte für eine Weile nachdenklich in die Flammen des Feuers und nippte ein paar Mal an seinem heißen Getränk. In seinen Gedanken war er jetzt weit entfernt von diesem Ort. Doch dann erinnerte er sich wieder daran, dass Armin und Lavinia gespannt darauf warteten, dass er weitersprechen würde.

„Also brachte man mich nach Rom, ins Herz des Imperiums. Doch für einen Sklaven, wie ich es damals war, hat so etwas kaum eine Bedeutung.

Ich war ja noch fast ein Kind, ich kannte nicht viel von der Welt, und ich hatte nur einen einzigen Wunsch. Ich wollte zurück nach Hause, dorthin, wo all das war, was ich bisher gekannt hatte, all die Menschen, die mir je etwas bedeutet hatten. Doch dieser Wunsch war nur eine Illusion, das merkte ich schon sehr bald.

Die Gesetze Roms bestimmten fortan mein Leben. Sie bestimmten, was ich durfte und was nicht ... nun ja, eigentlich war das, was ich durfte, nicht wirklich viel ... Eigentlich gar nichts!"

Lucius unterbrach sich wieder, man merkte ihm deutlich an, wie schmerzlich die Erinnerungen an diese Zeit waren, dass es ihm schwerfiel, alles noch einmal zu durchleben. Aber nach einer kurzen Pause fuhr er dennoch fort.

„Ich hatte dabei sogar noch Glück, denn ich kam in ein großes Haus, ich musste nicht auf den Feldern schuften, wie so viele andere. Man bevorzugte mich, wohl auch, weil ich, damals zumindest, ein recht gut aussehender Junge war. Einer also, den man gerne als seinen Diener präsentieren wollte.

Mir wurde sogar erlaubt zu lernen. Ich durfte verschiedene Sprachen studieren, wofür ich eine gewisse Begabung hatte.

Ich blieb viele Monate in diesem Haus, ein Jahr verging, ein zweites brach an. In diesem Alter ist das viel, das wisst ihr selbst. Ein Kind wird in einem Jahr vielleicht zum Jugendlichen, oder gar erwachsen.

Nun, ich war nicht gerade das, was man unter erwachsen verstehen würde. Aber ich war groß und kräftig für mein Alter. So dachte ich bald, dass mir alles gelingen würde, was ich mir nur vornahm.

Wahrscheinlich ist das in diesem Alter normal, man überschätzt sich ein wenig. Überschätzt manchmal die Möglichkeiten, die man besitzt, die Ausdauer und Kraft. Vielleicht war das auch der Grund, weshalb ich meinte, es schaffen zu können …“

Mit einem vielsagenden Blick schaute er Armin direkt in die Augen. Der Junge erwiderte ihn zunächst, senkte dann aber beschämt den Kopf. Lucius nickte verstehend, dann fuhr er fort.

„Ich dachte mir also, dass ich es schaffen könnte, dass es ganz leicht wäre, wenn es mir nur erst gelänge, das Haus meines Herrn zu verlassen.

Eines Nachts würde ich mich nach draußen schleichen und einfach weglaufen, zurück nach Hause. Auch wenn mein Zuhause viele hundert Meilen entfernt war, und ich keine Ahnung hatte, wie ich dort hinkommen sollte. Aber ich war überzeugt, dass es möglich wäre."

Abermals schwieg Lucius für eine Weile und schaute dabei melancholisch in die tanzenden Flammen des Feuers. Der alte Mann schien vollkommen in seine Gedanken versunken.

„Es war Irrsinn!", rief er mit einem Mal aus. „Ich war ein Narr! Ich hatte ja keine Ahnung, was ich mir da vorgenommen hatte!

Wie ich vorhin schon sagte, ist das Römische Reich riesig. Ich musste zunächst die Stadt verlassen, dann die nähere Umgebung, Grenzen passieren, Flüsse überqueren, in meinem Fall sogar ein Meer.

Selbst für einen Erwachsenen ist das kaum möglich, und ich war gerade erst vierzehn geworden.

So war es dann auch abzusehen, dass man mich bald finden würde. Die Soldaten, die mich nach drei Tagen hungrig, durstig und völlig erschöpft in einer Scheune aufgriffen, waren nicht besonders nett zu mir.

Ein entflohener Sklave darf nicht damit rechnen, dass man ihn freundlich behandelt.

Ich rechnete nicht damit, und sie waren es nicht ..."

Völlig gebannt beobachteten Lavinia und Armin, wie der alte Mann erneut eine bedeutungsvolle Pause machte, um einige Schlucke seines Tees zu trinken. Dann blickte Lucius nachdenklich zu den beiden Jugendlichen herüber.

„Man brachte mich also zurück zu meinem Herrn. Ich weiß noch genau, wie er mich damals angesehen hat. Er war nicht so sehr wütend, denn das war nicht seine Art. Nein, er war tief enttäuscht.

Enttäuscht über den jungen Sklaven, den er wohl sehr gemocht, und der ihn dennoch hintergangen hatte.

Und ich? Ich hatte natürlich Angst, wie ihr euch sicher vorstellen könnt. Ihr wisst bestimmt, welche Strafe Roms Gesetze für entlaufene Sklaven vorsehen!

An manchen Tagen hatte ich es selbst sehen können, wenn man die Unglücklichen auf einem öffentlichen Platz ans Kreuz schlug.

Als Strafe für ihre Verfehlung und Ermahnung an alle anderen, es nicht ebenfalls zu versuchen. Ein grauenhafter Tod, ich hatte unglaubliche Angst, dass er mir ebenso bevorstehen würde."

Lavinia beobachtete Armin, der angesichts dieser Schilderung des alten Dieners immer kleiner geworden war und kaum noch wagte, aufzusehen. Sämtliche Farbe war aus dem Gesicht des Jungen gewichen.

Er gelang Armin auch nicht mehr, Lucius in die Augen zu blicken. Dieser musterte den Jungen eingehend, ohne ein Wort zu sagen. *Ich verstehe nur zu gut,* dachte Lucius, *was jetzt in Armin vorgeht, welche Gedanken ihn beschäftigen ... Es sind die gleichen Gedanken, die ich ebenfalls hatte ... damals.*

„Nun ja, ich sitze hier vor euch, und seitdem sind viele Jahre vergangen. Somit ist es nicht anzunehmen, dass ich auf diese Art sterben musste. Mein Herr war damals sehr großmütig.

Er hat mich nicht an die Legionäre übergeben, sondern es bei einer ordentlichen Tracht Prügel belassen. Und er hat mich verkauft, denn er sagte mir, dass er nach diesem Vertrauensbruch nichts mehr mit mir zu tun haben wolle.

Aber immerhin, die ganze Sache hatte etwas Gutes: Derjenige, an den man mich verkaufte, war dein

Großvater, Lavinia. Er behandelte mich immer anständig, er war ein gerechter Mann. Später wurde ich der Lehrer deines Vaters, jetzt bin ich der deine.

Ich kann mich über mein Leben mit deiner Familie nicht beklagen, und ich habe nie wieder versucht, wegzulaufen. Wohin hätte ich auch laufen sollen, da ich doch den größten Teil meines Lebens in Rom verbracht habe?

Und schließlich, vor einigen Jahren, wurde ich von deinem Vater sogar freigelassen. Ich besitze jetzt eine Urkunde, die besagt, dass ich ein freier Mann bin, dass ich selbst über mein Leben bestimmen kann.

Ich blieb dennoch bei euch. Auch wenn ich jetzt die Möglichkeit habe, zu gehen, wohin ich will, so seid ihr doch inzwischen meine Familie, die einzige, die ich noch habe. Und meine Heimat ist jetzt dort, wo ihr lebt.“

Als Lucius geendet hatte, blickte er Armin noch einmal lange und eindringlich an.

Er schüttelte kurz den Kopf, als wolle er einen Gedanken daraus vertreiben.

Lavinia schluckte schwer, nachdem sie all das über ihren alten Dieners erfahren hatte. Er hatte es ihr nie zuvor erzählt. Und auch Armin schien beeindruckt von dieser Geschichte.

Allerdings wusste er immer noch nicht, was der alte Mann jetzt mit ihm vorhatte.

Würde er ihn an seinen Herrn verraten? *Eigentlich ist es seine Pflicht,* dachte der Junge voller Angst, *denn Marcus Julius Severus vertraut seinem Diener, und Lucius müsste ihn folglich hintergehen, wenn er meine Tat deckt.*

Wie würde der Kommandant wohl darauf reagieren, sollte er es erfahren?

Armin fühlte einen dicken Kloß im Hals, er war wie gelähmt und starrte deshalb weiter in die Flammen, dabei versuchte er, sich seine Angst nicht anmerken zu lassen. Stumm wartete er darauf, dass Lucius ihm endlich mitteilte, was er beabsichtigte.

*

„Außer uns dreien weiß niemand davon, Armin. Und ich denke, das sollte auch so bleiben."

Das waren, nach einer scheinbar unendlich langen Zeit, die ersten Worte, die gesprochen wurden.

Lucius hatte sich in Armins Richtung gewandt und blickte ihn dabei direkt an.

„Aber ...", fuhr der alte Mann schließlich fort, „... ich hoffe sehr, dass es dir eine Lehre und Warnung ist.

Solltest du noch einmal versuchen, zu fliehen, könnte es sein, dass nicht ich es bin, der dich dabei überrascht, sondern vielleicht die Wache, dein Herr, oder irgendjemand, der dir nicht besonders wohlgesonnen ist.
Dann, mein Junge, dann ist es nicht nur möglich, sondern sogar sehr wahrscheinlich, dass es nicht so gut für dich ausgeht.
Unser Herr ist ein sehr gerechter Mann, Armin, aber er ist ebenso der Kommandant dieses Kastells.
Er ist den römischen Gesetzen verpflichtet und muss jeden seiner Soldaten und auch jeden anderen Bewohner dieses Ortes danach behandeln.
Genau aus diesem Grund wird er keine Ausnahme machen. Solltest du also gegen diese Regeln verstoßen, die ich ihm einst als sein Lehrmeister beigebracht habe, dann wird er keine Ausnahme machen *können*! Für dich müsste er seine Prinzipien aufgeben, wollte er von einer Strafe absehen … und seine Untergebenen würden die Achtung vor ihm verlieren.“ Lucius ließ seine Worte wirken und beobachtete genau, wie Armin darauf reagieren würde. Doch der Junge wich dem forschenden Blick des alten Dieners aus, indem er unverwandt in die Flammen des Feuers starrte und die Lippen fest zusammenpresste. Allerdings gab er ihm mit einem leichten Nicken zu verstehen, dass er begrif-

fen hatte. Lucius seufzte erleichtert auf, ehe er wieder das Wort an Armin richtete.

„Nun, ich bin jetzt ein alter Mann. Ich denke, ich kann es verkraften, wenn ich ein wenig von meinen Prinzipien abweiche.“ Er lächelte leicht, als er dies feststellte, fügte dann aber mit einem etwas schärferen Unterton in der Stimme hinzu: „Auch wenn du für diese Dummheit eigentlich eine ordentliche Tracht Prügel verdient hättest!“

Mit einem Mal wurde Armin wieder blass. Erschrocken blickte er dem alten Diener ins Gesicht, was dieser mit einem erneuten Lächeln quittierte. Natürlich entging es seiner Aufmerksamkeit nicht, dass er den Jungen verunsicherte.

„Denke immer an meine mahnenden Worte“, setzte Lucius deshalb hinzu, „und nutze deinen Verstand, von dem du reichlich besitzt, Armin! Im Moment kannst du an deiner Lage nichts ändern. Vielleicht kommen andere Zeiten, vielleicht gibt es, auch für dich, irgendwann einmal die Möglichkeit, nach Hause zurückzukehren. Aber nicht jetzt, und nicht *so*!“

Mit diesen Worten erhob Lucius sich ein wenig schwerfällig vom Feuer, blickte den beiden Jugendlichen noch einmal nacheinander in die Augen und nickte ihnen zum Abschied zu.

„Geht jetzt besser ebenfalls schlafen, es ist bereits früh am Morgen. Ein wenig Ruhe nach all diesen Aufregungen wird uns sicher guttun. Ich glaube, der Sturm lässt langsam nach.“

*

Der Winter dauerte noch bis in den Monat, den die Römer März nannten, nach einem ihrer vielen Götter, dem Kriegsgott Mars. Die germanischen Völker dieses Landes aber kannten ihn unter der Bezeichnung Lenzing, wie Lavinia inzwischen erfahren hatte.
Armin unternahm keinen weiteren Versuch, wegzulaufen; die warnenden Worte des alten Lucius und die große Kälte, die herrschte, schienen ihn, zumindest vorerst, davon abzuhalten.
Aber Lavinia und der alte Diener spürten sehr wohl, wie der Gedanke daran den Jungen fortwährend beschäftigte. Und beide fürchteten, dass er irgendwann zu verlockend sein würde.

Als der Frost allmählich wich und wärmere Winde über den Bergrücken strichen, nahmen die Bewohner des Kastells und der Dörfer der Umgebung all die

Beschäftigungen wieder auf, von denen viele eine Zeit lang geruht hatten.

Man begann damit, die Felder für die Aussaat vorzubereiten, das Vieh wurde aus den Ställen getrieben, damit es auf den Weiden die ersten frischen Grashalme fressen konnte. Lavinias und Armins Ausflüge dauerten wieder länger und führten weiter weg vom Kastell, als dies in den letzen Wochen möglich gewesen war.

Quintus und Octavius wurden erneut zu ihren ständigen Begleitern, aber wie schon im vorangegangenen Winter war ihre Überwachung nun nicht mehr so streng.

Oftmals ließen sie die beiden Jugendlichen weite Strecken vorausreiten. Anscheinend hatten die zwei Legionäre begonnen, Armin zu vertrauen, ja, inzwischen verhielten sie sich ihm gegenüber sogar fast freundschaftlich.

Auch auf die ständigen Zurechtweisungen, mit denen sie ihn früher bedacht hatten, verzichteten sie jetzt.

Bisher hatte er ihnen nie Probleme bereitet, sie konnten sich stets auf ihn verlassen, und wahrscheinlich waren sie insgeheim sogar froh darüber, weniger Arbeit mit ihrer Aufgabe zu haben.

Sehr oft war es bereits Abend, wenn Lavinia und Armin zu ihrem vereinbarten Treffpunkt außerhalb der

Sichtweite des Kastells zurückkehrten, um dann, gemeinsam mit den beiden Legionären, nach Hause zu reiten.

Sie waren jetzt so gut wie jeden Tag im Wald, um Oda zu treffen, die sich pünktlich zu Beginn des Frühjahrs dort eingefunden hatte.

Armin erzählte Lavinia bei dieser Gelegenheit immer neue Geschichten seines Volkes. Von den unzähligen geheimnisvollen Wesen des Waldes, den Göttern und den Geistern. Das Mädchen war jedes Mal völlig verzaubert, wenn er das tat, und bald schon entdeckte Lavinia all diese Dinge selbst.

Immer dann, wenn die Frühnebel die Bäume und Büsche der Umgebung verschleierten, wenn der Wind in den mächtigen Bäumen rauschte oder über den Bergen der Donner eines Frühlingsgewitters grollte, dann war ihr dabei so, als ob sie genau das fühlen könnte, was wohl auch die Menschen aus Armins Volk empfanden; und Lavinia merkte, dass ihr dieses fremde Land inzwischen fast vertrauter war als ihre eigene südliche Heimat.

Vor allen Dingen aber wurde dem Mädchen bewusst, dass Armin ihr inzwischen viel näherstand als jeder Freund. Und doch durfte es eigentlich nicht so sein!

*

An einem dieser Frühlingstage, als sie wieder einmal weit vorausgeritten waren und nun ihre Pferde langsamen Schrittes über eine Wiese lenkten, konnte das Mädchen die Frage, die sie sich seit dem Winter immer wieder gestellt hatte, nicht mehr zurückhalten.

Sie sah zu Armin herüber. Für einen Moment hielt dieser seine Augen geschlossen, um genüsslich durchzuatmen, denn die Luft roch förmlich nach Wärme und Frühling, die dunkle Jahreszeit hatte sich endgültig verabschiedet.

„Warum, Armin?“, fragte Lavinia. „Warum hast du es getan? Gefällt es dir hier nicht? Magst du mich denn nicht, sind wir keine Freunde? Und hast du überhaupt nicht daran gedacht, was sie mit dir machen werden, sollten sie dich erwischen? Ich verstehe es nicht ...“

Der Junge öffnete daraufhin seine Augen, er drehte sich im Sattel ein wenig zu ihr um und warf ihr einen langen Blick zu. Einen Blick, in dem so viel Schmerz lag, dass Lavinia sich im selben Moment wünschte, nichts gesagt zu haben. Aber nun war es zu spät, sie konnte ihre Worte nicht mehr zurücknehmen.

Erst nach einer unendlich lang erscheinenden Pause antwortete er ihr.

„Es ist nicht, dass ich dich nicht mag, Lavinia, nur ..."

Armins Stimme versagte, er fühlte einen unangenehmen, dicken Kloß in seinem Hals. Auch wollte er Zeit gewinnen, um die richtigen Worte auszuwählen; also schluckte er mehrmals hintereinander, bevor er einen weiteren Anlauf machte. Allzu sehr war Armin sich dessen bewusst, dass Lavinia und auch der alte Lucius ihm geholfen hatten. Sie hatten ihn nicht verraten und seine Tat somit gedeckt. Dafür war er ihnen sehr dankbar, und um nichts in der Welt wollte er seine Freunde beleidigen oder verletzen.

„Ich mag dich wirklich", begann er deshalb nochmals, „aber ich kann es nicht vergessen!"

Lavinia verstand ihn nicht ganz, sah ihm in diesem Moment fragend ins Gesicht. Dem Jungen entging ihr Blick nicht, also bemühte er sich, es zu ihr erklären.

„Dein Vater, all die anderen Römer, dein Volk ... sie haben mich zu einem Sklaven gemacht, Lavinia. Du bist meine Freundin, dennoch darf ich dich nicht so nennen, sondern muss Herrin zu dir sagen. Wenigstens immer dann, wenn jemand es hören könnte. Andernfalls werde ich dafür bestraft. Ich darf es also niemals vergessen. Du selbst hast mich bereits oft genug darauf hingewiesen."

Er hat recht, dachte Lavinia bestürzt, und das Blut schoss ihr heiß in den Kopf, sodass sie errötete. *Natürlich hat er recht! Ich habe es getan. Viele Male, habe ich es getan, besonders am Anfang, als ich ihn noch nicht so gut kannte; und natürlich immer dann, wenn andere in der Nähe waren. Aber ich hatte keine Ahnung, dass es ihn derart stören würde!*

Gerade wollte Lavinia etwas erwidern, als Armin bereits fortfuhr.

„Dein Vater hat mich dir zum Geschenk gemacht, in etwa so, wie man ein Pferd verschenkt, einen Hund oder ein Schmuckstück! Wie waren seine Worte an diesem Tag noch ...?"

Armin tat jetzt sehr konzentriert, als müsse er sich erst daran zurückerinnern, doch Lavinia ahnte bereits, dass er noch ganz genau wusste, was ihr Vater damals gesagt hatte. Sie selbst hatte seine Worte ebenso wenig vergessen. Armin indessen fixierte das Mädchen nun mit einem vorwurfsvollen Blick.

„Er gehört dir! Ja, Lavinia, genau so hat er es formuliert. *Er gehört dir!* Findest du nicht, dass es sich seltsam anhört, wenn man so über einen Menschen spricht? Oder hast du dir darüber noch nie Gedanken gemacht?"

Das Mädchen schluckte. *Was wirft er mir da eigentlich vor?*, dachte es. *Weiß er denn nicht, wie ich darüber denke?*

Dass ich nicht alles gutheiße, was mein Vater oder die anderen Menschen meines Volkes tun?

Ehe Lavinia sich jedoch verteidigen konnte, sprach Armin weiter.

„Bei meinem Volk gibt es ebenfalls Unfreie. Das sind dann aber oftmals Menschen, die eine Schuld zu begleichen haben, die etwas Unrechtes getan haben oder einfach nur darauf angewiesen sind, dass ihnen jemand eine Unterkunft und etwas zu essen gibt, weil sie zu arm sind. Ich gebe zu, auch bei uns gibt es Dinge, die nicht so sind, wie sie sein sollten.

Aber bei deinem Volk, da ist es so, dass nur diejenigen auch Rechte haben, die Bürger des Reiches sind. Alle anderen werden gezwungen, sich zu fügen, ohne jeden Anspruch auf den Schutz Roms! Und für den Fall, dass sie gegen eines eurer Gesetze verstoßen, müssen sie mit schlimmen Strafen rechnen!

Und ich bin nur deshalb zum Sklaven geworden, weil eure Soldaten unsere Männer, die Männer meines Volkes, im Kampf besiegt haben. In einer Schlacht ... in einer einzigen Schlacht!

Mein Vater ist ein Fürst, ein Heerführer. Er musste seine Waffen niederlegen, weil eure Legionen stärker waren, weil er sie letztlich nicht besiegen konnte, und auch, weil er verhindern wollte, dass man seine Män-

ner, die ihm in diese Schlacht gefolgt waren, niedermacht. Ja, Lavinia, das hätten nämlich die Soldaten Roms getan: Sie hätten jeden Mann, und jeden Jungen getötet ... ohne Gnade und ohne Mitgefühl!
Es ist Rom, euren Legionen oder dem Kaiser, ganz wie du willst, nicht gelungen, unser Land einzunehmen, denn es liegt viele Meilen nördlich der Grenzen des Reiches. Aber ihr habt euch den Waffenstillstand erkauft.
Man hat meinen Vater nach der verlorenen Schlacht gezwungen, mich und andere nahe Verwandte als Gefangene zu übergeben.
Solange er den Frieden mit Rom hält, solange er sein Wort, welches er dem Kaiser gegeben hat, hält, wird man uns am Leben lassen. Bricht er es, dann sterben wir. So einfach ist das, Lavinia! So einfach sind die Gesetze Roms ..."

Vieles von dem, was Armin Lavinia soeben erzählt hatte, hatte sie zuvor nicht gewusst. Ihr Vater sprach gewöhnlich nicht mit ihr darüber, Lavinia hatte ihn aber auch nie danach gefragt. Fast schämte sie sich jetzt dafür. *Armin muss mich ja für ein kleines, unwissendes Kind halten, wenn ich über all diese Dinge nichts weiß!* Nein, eines wollte Lavinia bestimmt nicht mehr sein: ein kleines Kind! Und vor allem wollte sie nicht, dass Armin sie so sah ...

„Weißt du, Lavinia", meinte Armin schließlich, „vielleicht wäre all das hier leichter zu ertragen, wenn ich nicht der wäre, der ich bin. Aber ich wusste schon als kleiner Junge, dass ich einmal ein mächtiger Mann, ein Fürst, sein würde. So, wie mein Vater auch, und vor ihm sein Vater und dessen Vater. Stets waren meine Vorfahren bedeutende Männer, man hat mich in diesem Wissen erzogen, man hat mich stets ehrerbietig behandelt ... und jetzt bin ich ein Niemand, ein Sklave. Ich habe keine Rechte ... nicht die geringsten!

Nur, weil Rom die Macht dazu besitzt ... Ich selbst habe nichts getan, ich habe nicht einmal selbst gekämpft, damals. Ich war erst elf Jahre alt ... Es ist einfach nicht gerecht ... und ich werde es nie akzeptieren!"

Für einen Moment wirkte Armin abwesend; dann setzte er leise hinzu, sodass man es kaum hören konnte: „Natürlich habe ich darüber nachgedacht ..."

Mehr musste er nicht sagen, Lavinia wusste auch so, was er damit meinte. Und ihr fiel auch nichts ein, was sie ihm hätte entgegnen können. Armin hatte sicher recht. Er selbst konnte nichts dafür, und die ganze Geschichte war ungerecht. Doch seine letzten Bemerkungen machten ihr irgendwie Angst. *Ob er es erneut versucht?*, dachte sie verunsichert. *Er hat es immerhin schon einmal gewagt, trotz der Gefahr. Was, wenn man ihn dann erwischt?*

Lavinia mochte lieber nicht weiter darüber nachdenken. So schüttelte sie diese schwermütigen Gedanken von sich ab, lächelte Armin aufmunternd zu und gab ihrem Hengst die Sporen.
Gemeinsam galoppierten sie über die Wiese, ließen dabei ihre Bewacher weit hinter sich und jauchzten und jubelten vor Freude. Es war einfach wunderbar, in rasendem Tempo dahinzureiten, und alle Sorgen und Ängste schienen sich im warmen Frühlingswind aufzulösen …

*

Oda saß nur wenige Meter von ihnen entfernt auf einem alten Baumstumpf und war gerade damit beschäftigt, eine der beiden Mäuse zu verschlingen, die Armin ihr mitgebracht hatte.
Dabei blickte sie mit ihren großen orangefarbenen Augen mehrfach misstrauisch in Lavinias Richtung, was diese mit einem amüsierten Lächeln zur Kenntnis nahm.

Während die Uhudame sich ihrer Mahlzeit widmete, ließ Lavinia den Blick ein wenig schweifen.

Sie liebte diesen Ort, ihren geheimen Treffpunkt, an den sie immer dann kamen, wenn sie sich der Überwachung durch Quintus und Octavius entziehen konnten; was ihnen allerdings immer häufiger gelang, denn die beiden Legionäre wurden zunehmend nachlässiger in ihren Bemühungen.

Hier war es möglich, über all das zu sprechen, was ihnen auf dem Herzen lag, hier waren Lavinia und Armin nicht an die Regeln und Gesetze gebunden, die irgendjemand einmal aufgestellt hatte und die ihnen ihre Freundschaft natürlich niemals gestatten würden.

Lavinia betrachtete die großen, uralten Bäume, die sich rings um die kleine Lichtung in den Himmel erhoben und jetzt im Frühling auszutreiben begannen. Sie lauschte auf das Gezwitscher der Vögel, das Summen der Bienen und Hummeln und nahm die Düfte der Blumen wahr, die überall um sie herum den Boden bedeckten. Ein sanfter Lufthauch streichelte ihre Haut, und zumindest für einen Augenblick war Lavinia weit weg in ihren Gedanken.

„Würdest du es wirklich tun, Lavinia?“

Das Mädchen schrak ein wenig zusammen, als Armin sie so plötzlich und unvermittelt aus ihren Träumen riss. Für einen kurzen Moment wollte sie ihn wieder einmal zurechtweisen.

Als sie jedoch den herausfordernden Ausdruck in seinen Augen bemerkte, unterließ sie es.

„*Es?*", brachte sie stattdessen nur hervor.

Aber Armin wandte daraufhin den Blick ab und beobachtete, scheinbar hoch konzentriert, wie Oda nun auch die zweite Maus hinunterschlang. Erst Minuten später ließ er sich zu einer Äußerung herab.

„Würdest du mich wirklich auspeitschen lassen, wenn ich nicht das tue, was du verlangst? Wenn ich nicht das tue, was man von einem Sklaven erwartet? Würdest du?"

Armin fixierte sie mit einem seltsamen Blick, dem sie sich nicht entziehen konnte.

Irgendwann senkte Lavinia beschämt den Kopf; wieder einmal konnte sie nicht verhindern, dass sie rot wurde.

Insgeheim hatte sie gehofft, er habe ihre Androhungen, die sie oft genug ihm gegenüber ausgesprochen hatte, inzwischen vergessen. *Aber natürlich hat er das nicht getan!*, dachte sie mit einem schlechten Gewissen. *Armin ist viel zu klug, und außerdem hat er ein außerordentlich gutes Gedächtnis. Er macht sich so viele Gedanken, auch über Dinge, denen ich selbst kaum Beachtung schenke. Nein, natürlich hat er nichts davon vergessen, wie könnte er …?*

„Ich ...“, begann Lavinia dann auch etwas hilflos und geriet bei ihrem Erklärungsversuch gehörig ins Stottern. „Nun … ich … ich … könnte es tun. Aber du weißt doch, dass ich ... dass ich das nie …!“

Sie kam sich sehr dumm vor bei diesen Ausführungen, und Armin schüttelte daraufhin nur missbilligend den Kopf. In seinen tiefblauen Augen lag ein vorwurfsvoller Ausdruck, wie so oft.

„Du willst mir jetzt nicht erklären, dass du noch nie wirklich darüber nachgedacht hast?“, fuhr er sie an.

„*Du* bezeichnest mich, zumindest ab und zu einmal, als deinen Freund, und doch bist du in der Lage, mir auf diese Art zu drohen! Es überhaupt auszusprechen ...“

Noch einmal schüttelte Armin den Kopf.

„Nur, weil man etwas machen kann, Lavinia, muss man es noch lange nicht tun, oder?

Ich zum Beispiel, ich könnte Oda auch einfangen, ihr eine Kette um den Fuß binden und sie in Gefangenschaft halten.

Ich könnte das tun, aber ich mache es nicht, denn sie ist meine Freundin. Sie vertraut mir, und sie kommt freiwillig zu mir zurück. Wenn ich es täte, käme ich mir vor wie ein Verräter.

Weißt du Lavinia“, und dabei warf er ihr einen verächtlichen Blick zu, „es gibt manche Dinge, die scheinen die Menschen deines Volkes noch nicht verstanden zu haben.

Man kann andere Völker vielleicht mit Gewalt dazu zwingen, das zu tun, was man will, man kann sie in Gefangenschaft und Sklaverei halten, Abgaben von ihnen erpressen, ihre Länder unterwerfen. Man kann auch diejenigen töten, die aufbegehren oder anderer Meinung sind.

Aber man kann niemals jemanden zwingen, Zuneigung, Freundschaft oder gar Liebe zu empfinden, oder treu zu sein. All das, Lavinia, all das wird einem nur jemand entgegenbringen, der es aus freien Stücken tut. Es ist ein Geschenk!“

Lavinia wusste nichts dagegen vorzubringen. Stumm hatte sie Armins Worten gelauscht, nun konnte sie nicht anders, als ihm recht geben.

Selbst wenn er damit gerade sämtliche Grundsätze des Römischen Reiches infrage gestellt hatte …

*

Mehrere Tage später mistete Armin wieder einmal den Pferdestall aus.

Er mochte diese Arbeit, denn während er die schwere Karre mit dem Mist belud, der anschließend für die Gemüsebeete benötigt wurde, ließ es sich gut nachdenken. Keiner störte ihn, Lavinia war zur gleichen Zeit mit ihren Aufgaben beschäftigt.

War sie in seiner Nähe, das musste er sich eingestehen, so lenkte sie ihn ab. Eigentlich lenkte sie ihn sogar sehr ab! Nie konnte er einen klaren Gedanken fassen, ohne dass Lavinia ihn in irgendeiner Weise dabei unterbrach. Armin spürte genau, dass es unter anderem die Gedanken an Lavinia waren, die ihn davon abhielten, etwas zu unternehmen. Seit seinem ersten missglückten Versuch schob er die Entscheidung vor sich her.

Wenn ich es jetzt nicht tue, dann werde ich es vielleicht niemals wagen!, sagte er sich. *Dann werde ich eines Tages so enden wie der alte Lucius, der nie mehr in seine Heimat zurückgekehrt ist. Dann muss ich wohl akzeptieren, dass ich ein Sklave bin ... und das für den Rest meines Lebens!*

Armin wusste genau, dass er zunächst einen Plan brauchte, einen sehr guten Plan. Doch sobald dieser gut durchdacht wäre, würde er keine Minute mehr länger zögern und ihn in die Tat umsetzen.

Jetzt ist Frühling!, überlegte er, *und es wird nachts nicht mehr wirklich kalt. Mit ein bisschen Glück und Mut halte ich es für eine ziemlich lange Zeit in den Wäldern aus. Jedenfalls finde ich dort zu dieser Jahreszeit genügend Nahrung, um mich durchzuschlagen für meine lange Reise in den Norden.*

Und vielleicht kommt mir ja sogar jemand zu Hilfe.

Armin vermutete bereits seit Längerem, dass einer oder womöglich mehrere Männer seines Vaters sich in der Nähe aufhielten und aus sicherer Entfernung über sein Wohlergehen wachten, ohne allerdings den Römern in die Quere zu kommen. Immerhin hatte Armins Vater dem Kaiser sein Wort verpfändet, keinerlei kriegerische Handlungen gegen das Reich zu unternehmen. Den Jungen hatte man als Garantie, als Faustpfand dafür verlangt.

Armin musste diesen Ort verlassen, an dem man ihn zu einem Sklaven degradiert hatte.

Auch wenn es ihm hier nicht schlecht erging und er in Lavinia so etwas wie eine Vertraute gefunden hatte.

Ja, Armin musste sogar zugeben, dass er Lavinia sehr vermissen würde, wenn er von diesem Ort wegliefe. Sie bedeutete ihm inzwischen weit mehr, als er sich selbst eingestehen wollte.

Und dennoch; er musste handeln, er hielt es nicht mehr länger aus.

Seine Familie, sein Vater, seine Mutter, seine Freunde, sogar seine Schwestern, alle fehlten ihm so sehr.

Und außerdem ließ sein Stolz es nicht zu, sein gesamtes restliches Leben als Gefangener der Römer zu verbringen. Eines Tages wollte er ebenso ein Krieger sein, wie sein Vater einer war, seine Onkel und Cousins. Er würde gegen Rom und gegen alle anderen Feinde seines Volkes kämpfen. Er musste die Freiheit, in der sie lebten, verteidigen.

Einzig das Versprechen seines Vaters hatte ihn bisher davon abgehalten, sah man einmal von seinem überstürzten Fluchtversuch im Winter ab. *Damals haben mich meine Gefühle übermannt,* dachte er, *ich habe nicht wirklich überlegt, was ich tat. Und zum Glück hat man mich nicht verraten.*

Als er daran zurückdachte, was Lucius und Lavinia für ihn getan hatten, wurde ihm schwer ums Herz.

Und er musste an seinen Vater denken. Er wusste jetzt, dass dieser ebenfalls versucht hatte, alles für ihn zu tun, was ihm möglich gewesen war.

Am Anfang seiner Gefangenschaft hatte Armin sich nur geschämt; dafür, dass sein Vater vor dem römischen Centurio auf die Knie gefallen war. Inzwischen wusste der Junge es besser.

Mein Vater hat damals nur deshalb seinen Stolz vergessen, weil er mir dieses Leben ersparen wollte: ein Leben als Sklave der Römer.

Wahrscheinlich hätte Vater sogar lieber sein eigenes gegeben, wäre der Offizier darauf eingegangen.

Auch aus diesem Grund hatte Armin die Jahre der Sklaverei ertragen. Er liebte und respektierte seinen Vater. Und einen Schwur, ein Ehrenwort durfte man nicht leichtfertig brechen. Niemals! Und unter keinen Umständen!

Doch nun konnte Armin nicht anders, er hielt es einfach nicht mehr aus.

Vier Jahre bin ich nun schon ein Gefangener, dachte er erbittert. *Jede Strafe, jede Demütigung habe ich bisher hingenommen. Es ist wahrlich genug, mehr kann auch mein Vater nicht von mir erwarten. Die Römer haben mich als Kind mit sich genommen, jetzt werde ich bald fünfzehn. Ich bin fast ein Mann!*

Mein Entschluss steht fest: Ich werde diesen Ort verlassen, koste es, was es wolle!

Ich muss nur eine Möglichkeit finden, unbemerkt die Mauern des Kastells zu überwinden, dann ist es eigentlich nicht weiter schwer, denn die Grenze ist sehr nah, und habe ich die erst überschritten, wird mir kein römischer Legionär mehr folgen ... Ich brauche nur ein Seil und etwas mehr Glück als beim letzten Mal!

*

„Halt! Wer da?“

Armin zuckte zusammen und drückte sich, so dicht es ihm möglich war, an das kalte Gestein der Mauer. Er hoffte, dass diese Worte nicht ihm, sondern irgendjemand anderem galten.

Aber als er seinen Kopf ein wenig anhob, um nach oben zu sehen, dorthin, wo sich die breiten Zinnen dunkel gegen den Nachthimmel abhoben, musste er erkennen, dass er sich geirrt hatte.

Legionäre, schoss es ihm durch den Kopf, *man hat mich entdeckt!* Die Helme der Männer leuchteten im entfernten Lichtschein der Wachfeuer auf. Schimmerndes Metall, welches die dunklen Gesichter einrahmte. Armin wurde es eiskalt, gleichzeitig bildeten sich auf seiner Stirn Schweißperlen. *Nein! Nur das nicht ...*

Seine Hände umklammerten das dünne Seil, an dem er sich festhielt. Er warf einen Blick nach unten, zum Fuße der Mauer, wo der breite doppelte Wehrgraben begann, um abzuschätzen, in welcher Höhe er sich befand. Ob es ihm wohl gelingen könnte, herunterzuspringen und davonzulaufen, bevor ihn eine Lanze oder ein Pfeil der Wachen niederstreckte?

Der Wehrgraben war tief und dunkel, kaum ein Lichtstrahl erreicht seinen Boden.

„Hey, du! Was machst du da?“ Wieder war die Stimme des Legionärs zu vernehmen, außerdem zusätzlich andere Stimmen, die aufgeregt klangen. Dort oben befanden sich also mehrere Männer, und Armin hatte keine Ahnung, wie viele es waren.

Seine Gedanken überschlugen sich, lange durfte er nicht mehr überlegen. *Wenn ich etwas tun will, dann muss es sofort sein, jetzt, bevor noch weitere Soldaten aufmerksam werden!*

Mit dem Mut der Verzweiflung stieß er sich von der Mauer ab, löste seine Hände vom Seil und sprang. Der Junge versuchte, nicht mehr darüber nachzudenken, was alles passieren könnte, während es durch die Dunkelheit abwärts ging. Es waren nur einige Meter, aber diese kamen ihm unendlich lange vor, es war, als ob die Zeit stehen bliebe ...

Er kam hart auf, hatte es aber vorerst geschafft. Armin befand sich nun am Grunde des Grabens. Finsternis umgab ihn und er war sich ziemlich sicher, dass man ihn hier, von der Mauer aus, nicht sehen konnte. Jedenfalls nicht, bevor die Wachen die Feuer entzündet hatten.

Rings um das Kastell, das wusste der Junge, waren überall große Reisighaufen aufgeschichtet, die man sorgfältig vor Regen schützte, damit man sie bei Bedarf schnell in Brand setzten konnte.

Sollte es nötig sein, dauerte es nur wenige Minuten, sie anzuzünden. Die Flammen fanden dann schnell genügend Nahrung, und die gesamte Umgebung würde in ein helles Licht getaucht werden.

Genügend Licht, um einen herannahenden Feind zu erkennen; oder einen flüchtenden Sklaven.

Wie lange werden die Wachen wohl diesmal benötigen, fragte sich Armin bang. *Werde ich schnell genug vom Kastell wegkommen?* Er wusste es nicht, und er hatte natürlich auch keine Möglichkeit gehabt, diesen Fall vorher zu proben.

Er vergewisserte sich noch, dass er sich bei seinem Sprung keine ernsthaften Verletzungen zugezogen hatte, dann lief er los. Immer den Graben entlang, zur nächsten Ecke.

Er rannte so schnell er konnte. Dass ihm nicht mehr viel Zeit blieb, konnte er deutlich hören, denn im Kastell wurde bereits Alarm gegeben. Gleich würden die Soldaten zu den Toren laufen und diese öffnen, um die Reisighaufen in Brand zu stecken.

Endlich! Armin war es vorgekommen wie eine Ewigkeit, bis er letztlich die Stelle erreicht hatte, an der er den Graben verlassen wollte. Sofort begann er damit, dicht an den Boden gepresst, hinaufzuklettern.
Die Legionäre, die den Wehrgraben vor vielen Jahren anlegt hatten, mussten wahrlich gute Arbeit geleistet haben. Er maß bestimmt drei Meter in die Tiefe, seine Wände waren ziemlich steil. Es gestaltete sich sehr mühsam für Armin, nach oben zu klettern. Als er es zu guter Letzt geschafft hatte, atmete er erleichtert durch, aber eine Pause durfte er sich nicht gönnen, denn wenige Meter weiter wartete schon die nächste Schwierigkeit auf ihn: der zweite Graben!
Dieser war kaum weniger tief als der erste, dafür bestimmt doppelt so breit, und für Armin würde es zusätzlich ein Kampf gegen die Zeit werden. Von hier aus, dicht an den Boden gepresst liegend, konnte er erkennen, dass man das Tor, das ihm am nächsten war, bereits geöffnet hatte. Legionäre mit glänzenden Brustpanzern und Helmen kamen heraus, brennende Fackeln in den Händen. *Nicht mehr lange,* dachte der Junge voller Panik, *und die gesamte Umgebung wird durch den Feuerschein der vielen Reisighaufen hell erleuchtet sein, nicht mehr lange, und man kann mich ohne große Mühe entdecken!* Armins Herz begann wie wild zu rasen, das Blut

rauschte in seinen Ohren. *Es muss mir einfach gelingen, sonst ...*

So zögerte er keinen Moment, richtete sich rasch auf und rannte in leicht gebückter Haltung los. *Nur noch wenige Meter, dann habe ich es geschafft, dann habe ich den nächsten Graben erreicht.* Das war alles, was er in diesem Moment denken konnte!

*

„Keine Bewegung oder du bist des Todes!"

Die Drohung war unmissverständlich, und so wagte Armin es nicht, sich zu erheben.

Gerade hatte er noch gehofft, er könne es schaffen, jetzt wusste er, dass diese Hoffnung trügerisch gewesen war.

Als die Männer ihn schließlich stellten, wollte er gerade auf dem Bauch liegend über den Rand des Grabens robben.

Jetzt lag er also dort, das Gesicht auf den Boden gepresst. Er traute sich kaum zu atmen.

Kurz schloss er die Lider und drückte ein paar Tränen der Verzweiflung weg, die ihm in diesem Moment in die Augen schossen.

Unter keinen Umständen, nein, auf gar keinen Fall sollten diese Männer merken, dass Armin Angst vor ihnen hatte; vor ihnen, und vor dem, was ihn jetzt erwartete!

Er konnte seine Gedanken nicht zu Ende bringen, denn im nächsten Augenblick wurde er ziemlich grob vom Boden hochgezogen. Einer der beiden Männer, die ihn jetzt festhielten, riss ihm den Kopf nach hinten, indem er Armin an den Haaren packte. Gerade noch gelang es dem Jungen, einen Schmerzensschrei zu unterdrücken. Er versuchte, eine unbewegte Miene zu wahren.

„Wen haben wir denn hier? Einen Sklaven, wenn ich das richtig sehe!"

Der Mann, der sich nun direkt vor Armin aufbaute und ihn mit kalten Augen musterte, verzog sein Gesicht zu einem höhnischen Lächeln.

Aus dem Blick dieses Mannes sprach kein Mitleid, das wurde Armin schnell klar. Wieder begann sein Herz zu rasen. *Was werden sie wohl jetzt mit mir machen*, schoss es ihm durch den Kopf, *bei allen Göttern, hoffentlich besitze ich genügend Kraft dafür ...!*

*

Die Männer, die ihn zum Kastell zurückbrachten, waren ganz gewiss Soldaten Roms, Legionäre, das konnte man deutlich an ihrer Ausrüstung erkennen. Aber sie stammten aus einer der entfernteren Provinzen des Reiches; sie waren also keine römischen Bürger.

Das Imperium war darauf angewiesen, in allen Provinzen Soldaten anzuwerben. Diese verpflichteten sich dann dazu, dem Reich zu dienen. Gegen Bezahlung.

Es waren Söldner! Soldaten, die für Geld töteten! Rom schickte sie gegen jeden aus, der das Reich oder den Kaiser bedrohte, und sie taten das, was man von ihnen verlangte! Armin wusste, dass es auch Männer seines eigenen Volkes gab, die dies taten, und er verachtete sie dafür, denn darin lag keine Ehre.

Doch die Männer, die Armin aufgegriffen hatten, stammten nicht aus dieser Gegend. Sie mussten von weither kommen, denn sie sprachen untereinander ein für ihn fast unverständliches Latein, oftmals vermischt mit Worten, die wohl ihrer eigenen Sprache entstammten.

Wahrscheinlich befanden sie sich noch nicht sehr lange im Kastell, denn er hatte sie dort noch nie gesehen. Nicht einen von ihnen. Darin lag nichts Ungewöhnliches. Immer wieder kamen neue Soldaten von außerhalb und lösten diejenigen ab, die bisher ihren Dienst hier versehen hatten. Es war ein steter Wechsel. Doch in diesem Moment, als man Armin ziemlich grob durch das große Haupttor zerrte, bedauerte er es besonders, dass nicht wenigstens einer darunter war, den er kannte.

Keiner der römischen Legionäre, wie zum Beispiel Quintus und Octavius, von denen er wusste, dass sie ihn inzwischen mochten; auch keiner der Männer, die einem der verschiedenen germanischen Stämme der Umgebung angehörten und die oftmals mit ihm gescherzt hatten.

Niemand, der wenigstens auch nur einen Hauch von Mitleid mit ihm empfinden würde.

Von diesen Männern kann ich kein Erbarmen erwarten, stellte er resignierend fest. Nur sein immer noch vorhandener Stolz ließ ihn nicht auf der Stelle zusammenbrechen. Tapfer setzte er darum einen Fuß vor den anderen und folgte den Legionären.

Endlich machten sie halt, sie hatten den Ort erreicht, an dem sich entscheiden würde, was mit Armin geschehen sollte. Der Mann, der ihn vorher schon angesprochen hatte, anscheinend derjenige, der die Anweisungen erteilte, baute sich erneut vor Armin auf.

Er war groß und kräftig, so konnte er ohne Mühe auf den Jungen herabsehen. Alleine das wirkte einschüchternd, dazu noch der beinahe verächtliche Gesichtsausdruck und der kalte Blick, mit dem er ihn nun von Kopf bis Fuß musterte. Dieser Mann war sich seiner Stellung und der Macht, die er in diesem Moment besaß, wohl bewusst, und er schien es sogar zu genießen.

„Du hast versucht abzuhauen!"
Das war keine Frage, vielmehr eine Feststellung, und Armin war sich auch ziemlich sicher, dass der Mann darauf keine Antwort erwartete.
So presste der Junge nur die Lippen zusammen und blickte dem Soldaten stumm in die Augen. Armin versuchte, dabei so viel Haltung zu wahren, wie es ihm mit seinen knapp fünfzehn Jahren möglich war, er gab sich alle Mühe, diesen Männern seine Angst nicht zu zeigen und natürlich auch das Zittern seiner Knie einigermaßen in den Griff zu bekommen.
Und es gelang ihm; wenigstens erweckte es nach außen hin den Anschein.
Der Legionär jedoch schien Armin durchschaut zu haben und bedachte ihn mit einem schiefen Blick.
„Du trägst deinen Kopf ziemlich hoch für einen Sklaven, Junge!", meinte er dann und grinste überheblich.

„Außerdem bist du ein wenig aufsässig ... mir scheint, mehr, als es gut für dich ist. Aber du bist nicht der Erste, mit dem wir es zu tun haben.“ Als er dies sagte, zeigte sich ein grimmiger Ausdruck auf seinem Gesicht, ein kalter, mitleidloser Blick traf Armin.
„Ich kenne da eine sehr gute Möglichkeit, wie wir das ändern können ...“

*

„Unus!“
Bereits der erste Schlag ließ Armins Haut aufplatzen und hinterließ mehrere tiefe Wunden auf seinem Rücken. Blut spritzte ihm ins Gesicht, und noch bevor der Soldat zu Ende gezählt hatte, entwich der ausgetrockneten Kehle des Jungen ein tiefes, knurrendes Geräusch, ähnlich dem eines alten Bären, den man mit Lanzen gereizt hatte.
Im selben Augenblick schämte sich Armin für seine Schwäche, doch er hatte sich nicht beherrschen können; trotz aller Anstrengung nicht.
Viel Zeit verblieb ihm jedoch nicht, sich weitere Gedanken darüber zu machen, denn der Legionär holte bereits zum nächsten Schlag aus.
„Duo!“

Die Schnüre des Flagrums trafen ihn mit voller Wucht. Wieder presste der Junge verzweifelt seine Kiefer aufeinander, sodass diesmal nur ein leises Stöhnen zu vernehmen war.

Die Schmerzen, die Armin nun empfand, schienen beinahe unerträglich, auch fühlte er, wie etwas Feuchtes seinen Rücken herunterrann. Das Blut pulsierte in seinen Ohren, so laut, dass die Geräusche um ihn herum wie gedämpft und weit entfernt schienen.

„Tres!"

Erneut schlugen die kleinen eisernen Nägel der Peitschenschnüre hart auf seine Haut. Noch ein letztes Mal gelang es Armin, sich zu beherrschen.

Nur ein kaum hörbares Schluchzen entwich aus seinem Mund, das aber in den lauten, spöttischen Bemerkungen der Soldaten, die um ihn herumstanden und das Geschehen verfolgten, unterging.

Er konnte nicht alles von dem, was sie sagten, verstehen, denn sie unterhielten sich wieder in dieser seltsamen Mischung aus Latein und ihrer eigenen Heimatsprache.

Aber dem Tonfall ihrer Worte entnahm er, dass sie sich über ihn amüsierten; diese Männer lachten laut, sie schlossen sogar Wetten ab, vermutlich darüber, wie lange es wohl dauern würde, bis Armin zusammenbrach ...

Wut stieg in ihm hoch, maßlose Wut! Und zugleich empfand er ein Gefühl der absoluten Hilflosigkeit.

Das Blut lief ihm mittlerweile in Strömen an seinem Rücken herunter, warm und lebendig. Und zugleich fühlte Armin, wie er immer schwächer wurde. *Nein,* dachte er verzweifelt, *ich besitze bei Weitem nicht die Kraft, diese Tortur noch länger durchzustehen!* Aber seine körperlichen Schmerzen waren für ihn in diesem Fall noch nicht einmal das Schlimmste.

Sicher, Armins Handgelenke schmerzten schon jetzt, sie waren durch den rauen Strick, mit dem man ihn gefesselt hatte, inzwischen wund gerieben. Jeder Muskel seines Körpers verkrampfte sich, wenn er sich unter den Schlägen aufbäumte. Auch sein Rücken brannte wie Feuer, und er blutete aus den vielen Wunden, die die Geißel hinterlassen hatte. Aber das Schlimmste an dieser ganzen Angelegenheit war, dass die Legionäre Armin die Kleider vom Leib gerissen hatten, noch bevor sie ihn an den Pfahl banden. Vollkommen nackt war er den Söldnern ausgeliefert! Der Junge errötete vor Scham, als er sich darüber klar wurde. *Sie wollen meinen Stolz brechen, und es wird ihnen bald gelingen!* Armin war nahe daran, zu verzweifeln, als ihm diese Erkenntnis kam. *Und ich habe tatsächlich gedacht, dass ich all das durchstehen kann, dass ich den Soldaten keine Genugtuung geben werde, egal, was sie auch mit mir machen! Ich bin bei Weitem nicht so tapfer, wie ich immer angenommen habe, schon beim nächsten Schlag werde ich vor Schmerz und Angst laut aufschreien und diesen Männern endlich das bieten, was sie sich wünschen.* Er schämte sich schon jetzt dafür.

Dann war es soweit. Der Soldat hinter ihm holte erneut aus. Armin konnte es nicht sehen, dafür aber deutlich hören, denn der Legionär atmete schwer angesichts der Anstrengung.

„Quattuor!"

Jetzt ist alles vorbei …! Armin schloss die Augen, mit der gesamten ihm verbliebenen Kraft biss er die Zähne zusammen.

Unter keinen Umständen wollte er sich eine Blöße geben, auch wenn er ahnte, dass es diesmal so sein würde; hilflos wartete er darauf, dass der Schlag in treffen würde.

„Aufhören! Sofort!"

Die Stimme erklang laut und mit einer ungewöhnlichen Schärfe.

Der erwartete Schlag blieb aus, stattdessen ließ der Soldat augenblicklich die Peitsche sinken und nahm respektvoll Haltung an, ebenso wie alle übrigen Männer der Wache auch.

Armin spürte, dass sich ihm jemand hinter seinem Rücken näherte.

„Was ist passiert, Soldat, was hat dieser Sklave getan, dass ihr ihn bestraft?“, hörte Armin die Stimme des Kommandanten sagen. „Wisst ihr nicht, dass er meiner Tochter gehört? Ihr müsst einen wirklich wichtigen Grund haben, ihn zu schlagen, ohne sie oder mich zuvor davon in Kenntnis zu setzen!“

„In der Tat, mein Herr, den haben wir!“, antwortete ihm der Wortführer.

Der Legionär beeilte sich jetzt sehr, seinem Kommandanten alle wichtigen Einzelheiten über Armins Fluchtversuch mitzuteilen. Er ließ nichts aus, fügte allerdings auch nichts hinzu.

Marcus Julius Severus hörte sich das Ganze schweigend und ohne den Mann zu unterbrechen an, dann trat er direkt neben Armin, der immer noch am Pfahl festgebunden war.

„Sieh mich an, Sklave!“

Seine Aufforderung duldete keine Verzögerung, und so kam der Junge ihr unter großen Anstrengungen nach. Jede Bewegung, und mochte sie auch noch so gering sein, verursachte Armin schier unerträgliche Schmerzen, sämtliche Muskeln waren verspannt, obendrein schämte er sich unendlich, dass sein Herr ihn so sehen konnte.

„Du hast gehört, was die Wache mir soeben berichtet hat!“, herrschte der Kommandant ihn an. „Ich will jetzt keine Erklärungen oder Entschuldigungen von dir hören. Keine Ausreden!

Ich will von dir nur eines wissen: Ist das alles wahr? Hast du versucht, das Kastell zu verlassen? Wolltest du weglaufen? Antworte!“

Armin war wie erstarrt. Das Ausmaß dessen, was er getan hatte, wurde ihm schlagartig bewusst. Er hatte seinen Herrn hintergangen; trotz eindringlicher Warnungen. Armin versuchte aus dem Blick des Kommandanten irgendetwas herauszulesen, was nach Mitgefühl oder gar Verständnis aussah. Ob er Derartiges überhaupt erhoffen durfte, wusste der Junge nicht.

Aus den Augenwinkeln heraus, ein paar Schritte hinter dem Präfekten, erkannte er Lucius, den Diener. Der alte Mann schien ein wenig außer Atem und wirkte in diesem Moment sehr blass und erschrocken. Armin vermied es, ihm ins Gesicht zu sehen. Nach all dem, was passiert war, nach all dem wagte er es nicht, diesem Mann, der so viel für ihn getan hatte, in die Augen zu blicken.

So senkte der Junge ein wenig die Lider und nickte, gleichwohl wusste er, dass dem Präfekten diese Geste nicht genügen würde.

Ich habe keine Wahl, dachte er, *ich muss ihm antworten. Marcus Julius Severus ist der Kommandant des Kastells und außerdem mein Herr! Tue ich es nicht rasch und freiwillig, wird man mich sicher dazu zwingen ...*

Armin hatte bereits jetzt fast keine Kraft mehr, also war es sinnlos, sich zu widersetzen, auch wenn er sich vor den Folgen dieses Geständnisses fürchtete. So nahm er dann alle Kraft zusammen, um dem Präfekten mit einigermaßen fester Stimme antworten zu können.

„Ja, Herr, das, was dieser Mann berichtet hat, ist richtig."

Mehr gab es in dieser Sache nicht zu sagen, es war die Wahrheit.

*

„Wieso hat man Armin eingesperrt? Was ist denn passiert?", bestürmte Lavinia ihren Vater, als sie das Zimmer des Kommandanten betrat. Sie fand ihn, wie an jedem Mittag, in ein Gespräch mit seinen Offizieren vertieft vor. „Cornelia wusste es von Lucius", sprach Lavinia aufgeregt weiter, „aber sie sagt mir nichts darüber, was man ihm überhaupt vorwirft!

Er ist doch noch ein Junge, das kannst du nicht zulassen ...!"
Lavinia war sehr durcheinander. Das Mädchen hatte erst erfahren, dass sich Armin im Gefängnis befand, nachdem er am Morgen nicht erschienen war, um ihr mit dem Pferd zu helfen.
Nur sehr zögernd hatte Cornelia ihr davon erzählt, immer wieder behauptet, Lucius habe ihr nicht mehr berichtet. Lavinia solle in dieser Angelegenheit besser ihren Vater befragen.
„Das kann doch alles nur ein Irrtum sein!", platzte das Mädchen heraus. Aber als Lavinia jetzt in das ernste Gesicht des Vaters blickte, der sein Gespräch kurz unterbrach, um sich ihr zuzuwenden, erkannte sie, dass sie sich täuschte.
„Bitte Lavinia, geh zurück ins Haus. Ich komme, sobald ich hier fertig bin. Es dauert nicht mehr lange. Ich werde dir dann alles erklären, mein Kind."
Sie zögerte einen Moment, besann sich dann aber.
Es ist sicher besser, diese Dinge nicht hier zu besprechen. Nicht unbedingt im Beisein seiner Untergebenen.
Doch der ernste Ausdruck im Gesicht ihres Vaters gab ihr sehr zu denken.
Sonst war er fast immer zu Scherzen aufgelegt, wenn sie ihn in seinem Arbeitszimmer aufsuchte, stets

schenkte er ihr dann ein liebevolles Lächeln oder neckte sie zärtlich, selbst dann, wenn seine Männer dabei waren. Als Lavinia sich schließlich langsam auf den Weg zurück zum Haus machte, gingen dem Mädchen verstörende Gedanken durch den Kopf.

Er wirkt so verschlossen, nachdenklich und müde, grübelte es.

Sein Verhalten ist irgendwie merkwürdig.

Das letzte Mal war er so … ja, das war, als ihm der Arzt in Rom von Mutters Tod berichtet hatte und von dem meines gerade geborenen Bruders.

*

„Was soll das heißen, Vater?"

Herausfordernd schaute Lavinia ihrem Vater in die Augen. Anscheinend wollte sie nicht verstehen, um was es hierbei ging.

Marcus Julius Severus musste sich erst einmal setzen.

Sie hat so unglaublich viel von ihrer Mutter!, dachte er erschöpft.

Sie hat es auch immer wieder geschafft, mich völlig aus dem Konzept zu bringen. Auch sie hat nicht immer verstanden, dass es einfach gewisse Notwendigkeiten gibt!

Man kann eben nicht immer das tun, was man möchte. Nein! Oftmals muss man einfach das tun, was notwendig ist, was dem Wohle Roms und der Gesellschaft dient. Oder dem des Kaisers!
Marcus Julius Severus befand sich in der Zwickmühle, obgleich ihm die Entscheidung im Grunde genommen durch die Vorschriften bereits abgenommen war. Doch in diesem speziellen Fall tat er sich schwer, und am allerliebsten wollte er nicht allzu viel darüber nachdenken. Schon seit dem gestrigen Abend fühlte er sich unbehaglich. Wem würde es dienen, wenn er den Jungen auslieferte? Das war die Frage, die ihn beschäftigte.
„Lavinia", versuchte er sich gegenüber seiner Tochter zu rechtfertigen, „er hat es zugegeben. Er hat es mir gegenüber zugegeben, und die Soldaten der Wache haben ihn dabei erwischt. Sozusagen auf frischer Tat."
Auch wenn seine Ausführungen ihm selbst irgendwie vorgeschoben vorkamen, sprach der Kommandant weiter.
„Er wollte gerade über die Mauer des Kastells klettern, Lavinia. Wären sie nicht in diesem Augenblick dazwischengegangen, hätte er es geschafft, fortzulaufen. Das ist etwas, was ich ihm nicht durchgehen lassen kann."
Lavinia kannte ihren Vater genau.

Er mochte ein Offizier in den Legionen Roms sein, der Kommandant eines Kastells mit über fünfhundert Soldaten, die seinem Befehl unterstanden. Ja, er war sogar mit dem Kaiser verwandt, er besaß einflussreiche Freunde unter den wichtigsten Männern des Reiches.
Er ist Römer, dachte sie, *durch und durch, und er achtet die Gesetze und stellt diese nicht in Frage. Eigentlich nie!*
Aber er ist auch mein Vater, mein Vater, der mir bislang nie einen Wunsch abschlagen konnte, der mich über alles liebt und der trotz der harten militärischen Schale einen ziemlich weichen Kern besitzt.
Sie wusste, auch wenn er es ihr gegenüber nie so offen geäußert hatte, dass er Armin mochte. Er mochte ihn auf seine Art, wie man als Herr eines Hauses einen Sklaven oder Diener mögen konnte. Stets hatte er dem Jungen vertraut, seine Arbeit geschätzt und ihn nie ungerecht behandelt. Womöglich hatte er selbst ab und zu einmal vergessen, dass Armin nicht freiwillig bei ihnen lebte.
Hätte er ihm sonst wohl erlaubt, gemeinsam mit seiner einzigen Tochter auszureiten? Hätte er ihn in sein Haus geholt, ihn von Lucius unterrichten lassen oder ihm die Pflege seines Lieblingspferdes anvertraut? Nicht zu vergessen die Reinigung seiner wertvollen Waffen?!

Wären die Dinge anders, als sie es sind, überlegte Lavinia, *und Armin nicht ausgerechnet der Sohn eines feindlichen Fürsten, sondern vielleicht der eines Verbündeten, dann ...*
Aber all diese Gedankenspiele nutzten ihr in diesem Augenblick nichts. Ihr Vater hob indes ein wenig hilflos die Schultern und seufzte auf; etwas, das er so, vor seinen Untergebenen, niemals getan hätte. Sein Blick wirkte traurig, als er sich nochmals Lavinia zuwandte.
„Versteh mich doch ... bitte! Ich kann keine Ausnahme zulassen, unter gar keinen Umständen."

Bestürzt über seine Entscheidung starrte Lavinia ihn mit einem entsetzten, ja verzweifelten Blick an, doch der Gesichtsausdruck des Präfekten war nun undurchdringlich, beinahe hart. So kannten ihn seine Soldaten, wenn er seine Befehle erteilte. In diesem Moment erinnerte sich der Präfekt wieder an seine Pflicht. Alle seine persönlichen Gefühle und Wünsche in diesem Fall hatte er zurückgestellt.
„Sein Vater hat ihn an Rom verpfändet", erklärte er seiner Tochter mit fester Stimme. „Er ist ein Sklave, und er wusste genau, was ihn erwartet, sollte er versuchen zu fliehen. Er hat ein gegebenes Wort gebrochen, ein Versprechen! Das, welches sein Vater dem Kaiser abgerungen hat!

Roms Gesetze sind nichts, was man nach seinem eigenen Geschmack auslegen kann, Lavinia. Er wird sich seiner Strafe stellen müssen, weil er das Wort seines Vaters gebrochen und damit Rom herausgefordert hat.“

Heiße Tränen traten dem Mädchen in die Augen. Lavinia konnte nicht fassen, was ihr Vater da eben zu ihr gesagt hatte.

„Vater, bitte!“ Flehend fasste sie ihn an den Schultern. „Vater, du könntest es für mich tun! Wieso sollte es den Kaiser stören? Und selbst wenn es so wäre, dann könntest du doch mit ihm darüber reden. Ich weiß, dass er gerecht ist ... und großzügig. Er ist dein Onkel, ganz gewiss würde er dir eine solche Bitte nicht abschlagen! Aber der Kommandant blieb hart und ließ sich nicht erweichen. Langsam löste er sich von seiner Tochter und ging zum Fenster. Mit unbewegtem Blick schaute er in die Ferne.

„Vater, denk doch noch einmal darüber nach!“, wagte Lavinia einen letzten Versuch, ihn zu überzeugen. „Er ist doch noch fast ein Kind, ein Junge ...“

Bei diesen Worten versagte ihr beinahe die Stimme, Tränen liefen über ihre geröteten Wangen.

„Er ist doch mein Freund …!“, hauchte sie.

Lavinia wusste nicht mit Bestimmtheit zu sagen, ob ihr Vater ihre letzten Worte noch vernommen hatte, denn sie drehte sich, ohne eine Antwort abzuwarten, um, und begab sich schnellen Schrittes in ihr eigenes Zimmer.

Wahrscheinlich ist es ohnehin zwecklos, dachte sie niedergeschlagen. *Meine Bitte findet kein Gehör. Nicht einmal bei meinem Vater, den ich über alles liebe ... und der mich über alles liebt.*

Armin wird sterben, nach den Gesetzen Roms.

Und was diese Gesetze für einen solchen Fall vorsahen, trieb ihr weitere Tränen in die Augen.

Denn Sklaven, die bei dem Versuch zu fliehen, erwischt wurden, starben am Kreuz. Es erwartete sie ein langsamer und äußerst qualvoller Tod.

Lavinia konnte und wollte nicht darüber nachdenken, dass ihrem Freund ein solches Schicksal bevorstand.

*

„Ich will ihn sehen!" Lavinia blickte ihren Vater herausfordernd an. Beinahe erwartete sie, dass er ablehnen würde, nachdem der Präfekt ihr am Vorabend so deutlich zu verstehen gegeben hatte, dass er die Gesetze Roms über alles stellte. Auch über die Wünsche und

Bitten seiner Tochter! Sogar über seine eigenen Gefühle!

„Bitte“, bekräftigte Lavinia ihre Forderung, „das kannst du mir nicht abschlagen, immerhin ...“ An dieser Stelle unterbrach sie sich unwillkürlich. Urplötzlich waren ihr wieder die Worte in den Sinn gekommen, die Armin einmal zu ihr gesagt hatte, es war noch gar nicht so lange her: „*Er hat mich dir zum Geschenk gemacht, in etwa so, wie man ein Pferd verschenkt, einen Hund oder ein Schmuckstück. Findest du nicht, dass es sich seltsam anhört, wenn man so über einen Menschen spricht?*“ Dann aber beendete Lavinia tapfer ihren angefangenen Satz. „Immerhin hast du ihn mir geschenkt, Vater. Er gehört mir!“

Wie seltsam, wenn sie jetzt darüber nachdachte! Noch vor wenigen Wochen war es für Lavinia eine völlig normale Sache gewesen. Man konnte einen Sklaven besitzen wie einen Hund, eine Katze, ein Schmuckstück oder andere Dinge, die einem gefielen und die man sich leisten konnte. Man brauchte nur das nötige Geld, um all das zu erwerben; nichts Besonderes also für Lavinia, deren Familie hochgestellt und wohlhabend war.

Sie war so aufgewachsen, sie kannte es nicht anders und hatte es nie infrage gestellt.

Selbst Armin hatte ihr später erzählt, dass es bei seinen Leuten ebenfalls Freie und Unfreie gab. Allerdings fand er selbst sich nie damit ab, ein Sklave zu sein.

Das war die Betrachtungsweise der Römer, nicht seine eigene. Überhaupt hatte er eine ganz andere Sicht der Dinge.

Vielleicht ist das ja der Grund, ging es ihr durch den Kopf, *warum ich ihn jetzt mit anderen Augen sehe. Für mich ist er etwas anderes als ein Sklave, und er gehört mir auch nicht! Er ist vielmehr ein Freund. Der Bruder, den ich mir immer gewünscht habe und den es leider nie gegeben hat.*

Vor Traurigkeit schossen Lavinia wieder einmal die Tränen in die Augen. Aber da gab es noch etwas, weshalb sie ein seltsames Gefühl der Wehmut empfand; in letzter Zeit, das musste Lavinia sich immer öfter eingestehen, sah sie Armin vielleicht auch noch auf eine ganz andere Weise, auf eine Art, die ihr manchmal ein wenig Angst machte, weil diese Gefühle so neu und unbekannt für sie waren. Und doch wünschte sie sich, Armin würde sie ebenfalls auf diese ganz besondere Weise ansehen; mit jenem besonderen Blick, den Lavinias Vater stets seiner Frau geschenkt hatte. Oh, wie sehr hatte sie ihre Mutter darum beneidet!

Ja, vielleicht hat es etwas damit zu tun, dass ich schon lange kein Kind mehr bin ...

Lavinia stand jetzt neben dem großen Tisch im Arbeitszimmer ihres Vaters, und wartete ungeduldig auf seine Antwort.

Aber Marcus Julius Severus blickte nicht einmal von seiner Arbeit auf, stattdessen studierte er scheinbar konzentriert die Schriftstücke, die ausgebreitet vor ihm auf dem Tisch lagen. Nichts deutete darauf hin, dass er die Worte seiner Tochter überhaupt wahrgenommen hatte. Dann jedoch nickte er einmal leicht, beachtete das Mädchen aber nicht weiter.

Lavinia war sehr erstaunt, mit dieser Reaktion hatte sie nicht gerechnet. So atmete sie einmal erleichtert auf und beeilte sich anschließend, den Raum zu verlassen.

Ich gehe lieber rasch zu Armin, ehe mein Vater sich diese Sache noch einmal anders überlegt …

Da man selbst der Tochter des Kommandanten nicht einfach so Zugang zu einem der Gefangenen gewähren würde, nahm sie sicherheitshalber Lucius, den Diener ihres Vaters, mit. Sie wusste, der alte Mann würde ganz sicher die passenden Worte finden, um die Wachen zu überzeugen.

*

„Ich muss Euch noch etwas sagen, Herrin."
Erstaunt blieb Lavinia stehen und blickte dem Diener ihres Vaters in die Augen. Sie wunderte sich ein wenig über den brüchigen Klang seiner Stimme.
„Was ist denn, Lucius? Hat das nicht Zeit bis später? Ich möchte jetzt erst einmal zu Armin. Ich muss ihn unbedingt sehen!"
Doch der alte Mann zauderte. Anstatt eine Antwort zu geben, betrachtete er scheinbar interessiert den Boden zu seinen Füßen.
„Lucius?"
Lavinia wurde misstrauisch. *Was geht hier vor?*, wunderte sie sich.
Sie kannte den Diener zu gut, um sein Herumdrucksen nicht ernst zu nehmen. Seit sie denken konnte, stellte Lucius einen festen Bestandteil ihres Haushaltes dar. Lavinia vermutete deshalb, Lucius müsse ihr wohl etwas mitteilen, was er als unangenehme Pflicht betrachtete und ihr am liebsten verschweigen würde.
„Wenn du es mir nicht sagen willst, dann gehe ich jetzt weiter!", drohte sie ihm deshalb.
„Nein, Herrin! Bitte wartet! Es ist wichtig, dass Ihr es vorher erfahrt, sonst ..."

Wieder unterbrach sich der alte Mann, sodass das Mädchen nahe davor war, die Geduld zu verlieren. Dann aber schien sich Lucius doch zu besinnen.

„Es gibt da etwas … etwas, das Ihr unbedingt wissen solltet, bevor Ihr den Jungen besucht."

Der alte Mann geriet erneut ins Stocken, fuhr aber rasch fort, als er Lavinias ängstlichen Gesichtsausdruck bemerkte.

„In der Nacht, also in der, als er versucht hat, wegzulaufen ... haben ihn die Wachen ... nun, sie haben ihn geschlagen, Herrin." Jetzt war es endlich heraus. Lucius wagte es immer noch nicht, Lavinia ins Gesicht zu sehen.

Das Mädchen stöhnte laut auf, als der alte Diener ihr diese traurige Tatsache mitteilte. Mit vor Schreck geweiteten Augen sah sie ihn an. Lucius bemerkte ihre Angst wohl, darum beeilte er sich, rasch fortzufahren.

„Ich war draußen, in dieser Nacht. Na, Ihr wisst schon, ein alter Mann kann meistens nicht mehr durchschlafen, ohne dass er dem Ruf der Natur folgen muss.

Ich war also draußen, bei den Latrinen. Und nur deshalb habe ich diese ganze Sache überhaupt mitbekommen. Vielleicht war das ja ein Glück für den Jungen, vielleicht aber auch ..." Noch einmal kam der

Diener ins Stocken und führte den laut gedachten Gedanken nicht zu Ende. „Aber entschuldigt bitte“, meinte er dann, „ich schweife schon wieder ab ... Jedenfalls habe ich gesehen, was passiert ist. Dass sie ihn an der Mauer des Kastells aufgegriffen und ihn herüber zum Wachhaus gebracht haben.

Dann kam einer der Männer gelaufen, einer der Legionäre. Er hielt eine Peitsche in der Hand. Ich denke, dass sie Armin wohl totgeschlagen hätten, wäre nicht Euer Vater rechtzeitig hinzugekommen, um das zu verhindern. Der alte Mann wirkte nun recht nachdenklich. *Ja,* ging es ihm durch den Kopf, *ganz sicher hätten sie das getan, so stur und überaus stolz wie der Junge ist! Er hat nicht einmal geschrien, als sie ihn misshandelt haben. Er ist ein hochmütiger Sklave; kein Soldat der Legionen duldet das ...*

Bei Lucius‘ Schilderung der Ereignisse schossen Lavinia unwillkürlich die Tränen in die Augen. *Oh Armin, was hat man dir nur angetan?! Warum hat man mir nichts davon gesagt!* Für einen Moment rang das Mädchen nach Luft.

Dann schluchzte es einmal laut. Lavinia beruhigte sich erst ein wenig, als Lucius ihr beschwichtigend über den Arm streichelte und ihr aufmunternd zunickte. Dann sprach der alte Mann weiter.

„Ich selbst war es, der Euren Vater hinzugeholt hat, ich hoffe sehr, dass er mir diese Unverfrorenheit nicht nachträgt. Schließlich habe ich ihn aus dem Schlaf gerissen ... und das nur, um einem Sklaven beizustehen.“

Lucius sprach mit leiser Stimme, dennoch konnte Lavinia deutlich heraushören, dass er keineswegs zerknirscht war oder gar schuldbewusst. *Nein*, kam es ihr in den Sinn, *Lucius weiß sehr genau, wann er seinen Herrn wecken darf und wann nicht.*

Und er weiß ebenfalls, dass mein Vater unter der harten Schale des Soldaten einen sehr weichen Kern besitzt. Er kennt ihn ja von Kindesbeinen an. Hat er ihn doch unterrichtet und erzogen.

Deshalb war es auch keine Frage gewesen, dass er der Bitte seines alten Dieners Folge leistete. *Noch nie*, überlegte Lavinia, *hat mein Vater es geduldet, dass man einen Menschen oder ein Tier unnötig quält.*

Und jetzt ist er bald dazu gezwungen, einen Menschen hinrichten zu lassen. Vielleicht tue ich ihm unrecht, wenn ich annehme, dass ihm das nichts ausmacht, grübelte sie. *Vielleicht belastet ihn dieser Gedanke ja ebenso wie mich selbst? Vielleicht leidet mein Vater darunter, es tun zu müssen, gibt sich deshalb so schweigsam und unnahbar und versteckt sich hinter Rom, dem Kaiser, den Gesetzen und Vorschriften.*

Und doch würde Marcus Julius Severus den Befehl erteilen. Ihm oblag es, dies zu tun.
Es zerriss Lavinia das Herz, als ihr klar wurde, was das für ihren Vater bedeutete.

„Herrin?"
Lucius unterbrach ihre Gedankengänge.
„Wir sollten uns beeilen, wenn Ihr den Jungen sehen möchtet.
Ich kenne die beiden Wachen, die dort im Moment ihren Dienst versehen, gut. Bestimmt machen sie uns keine Schwierigkeiten. Aber seid darauf gefasst, dass es Armin nicht besonders gut geht."

*

„Ich musste dich einfach sehen, Armin! Behandeln sie dich gut? Gibt man dir ausreichend zu essen? Wenn du willst, werde ich mich um deine Verletzungen kümmern oder meinen Vater bitten, den Arzt zu dir zu schicken ..."
Die Worte sprudelten nur so aus Lavinia heraus, kaum dass sie Armin erblickte. Sie vermochte nicht, ihre Nervosität zu verbergen, ebenso wenig, wie sie es nicht verhindern konnte, dass ihr erneut Tränen in die Au-

gen traten. Lavinia war vor der vergitterten Tür des Verlieses in die Hocke gegangen, um nicht von oben auf Armin herabblicken zu müssen.

Ihr Freund sah schrecklich aus. Sein Hemd war blutverschmiert und verdreckt, seine Handgelenke wund und angeschwollen und er wirkte noch blasser als sonst.

Still saß er in einer Ecke der dunklen Zelle und starrte durch das vergitterte Fenster hoch über ihm hinaus, dorthin, wo man wenigstens ein kleines Stück des strahlend blauen Himmels erkennen konnte.

Eine lange Zeit rührte er sich nicht, beinahe schien es so, als nehme er Lavinia überhaupt nicht wahr.

Dann, ganz plötzlich, wandte er seinen Kopf.

Und Armin schien sehr erschrocken über das, was er sah.

„Lavinia, nicht ... du sollst doch nicht wegen mir weinen! Es wird schon nicht so schlimm sein …“ Dem Jungen versagte für einen Moment die Stimme. „Das hoffe ich zumindest“, fügte er dann hinzu, wobei er kaum über ein Flüstern hinauskam.

Dass er selbst nicht daran glaubte, war ihm mehr als deutlich anzusehen; er wusste nur zu genau, was ihn erwartete!

„*Herrin*, Armin, du weißt doch ...!", verbesserte Lavinia ihren Freund und versuchte, gespielt vorwurfsvoll zu klingen. „Wie oft habe ich dich nun schon darauf hingewiesen, du sturer Sklave? Und wie oft hast du es einfach ignoriert." Doch auch Lavinia vermochte nur mehr zu flüstern. Sie lächelte ein wenig verlegen, als sie ihn durch einen Tränenschleier anblickte.

Armin brachte ebenfalls ein Lächeln zustande, als er Lavinias Belehrung hörte.

„Dein Vater hat den Arzt bereits zu mir geschickt", beantwortete er schließlich ihre Frage. „Gleich am nächsten Morgen hat er sich um meine Verletzungen gekümmert, sie gereinigt und verbunden. Ich habe nur kein neues Hemd erhalten ..." Armin verstummte und wich dem Blick Lavinias aus, indem er wieder hoch zum Fenster, zum Blau des Himmels schaute.

Sein Gesicht wirkte nun abermals sehr ernst.

„Weißt du, ich frage mich die ganze Zeit über, wie es da oben wohl sein wird. Und auch, wen ich dort treffen werde ... Schade eigentlich, dass ich es dir nicht erzählen kann. Aber vielleicht könnte Oda unsere Botin sein? Ich bin mir eigentlich ziemlich sicher, dass sie es bereits weiß … sie ist so klug, sie findet den Weg zwischen den Welten, bestimmt ..."

Jetzt glänzten auch seine Augen feucht, aber Armin bemühte sich sehr darum, dies vor Lavinia zu verbergen. Als Sohn eines stolzen Fürsten war es ihm einfach unangenehm, auch wenn ihn die Bürde, die man ihm auferlegt hatte, schier erdrückte. Bei aller Tapferkeit, die er besaß, war Armin doch nur ein Junge von knapp fünfzehn Jahren, der noch nicht bereit war, zu sterben. Lavinias Kehle fühlte sich inzwischen an wie zugeschnürt. Sie suchte nach Worten, wollte irgendetwas erwidern, um ihrem Freund Mut zuzusprechen, doch sie brachte es nicht fertig.

„Herrin!"

Lavinia erwachte aus ihrer Erstarrung; das war Lucius, der sie abholen wollte. Also erhob sich das Mädchen langsam; ein letztes Mal blickte sie Armin in seine leuchtend blauen Augen, die ihr in diesem Moment ein wenig gerötet erschienen. Lavinia erschrak.

Täusche ich mich? Ich habe ihn noch nie weinen sehen! Nur einmal, damals, auf dem Hof, in der Nacht. Aber auch da bin ich mir nicht ganz sicher ...

Wieso ist er nur immer so schrecklich tapfer, fragte sich Lavinia, *und ich selbst bin so ängstlich? Was werde ich nur ohne ihn machen?!* Dieser Satz hallte in ihrem Kopf nach. Nein, sie konnte und wollte diese Tatsache nicht akzeptieren!

„Herrin, kommt, es wird Zeit“, mahnte der Diener, der am Zugang zum Verlies auf sie gewartet hatte zum Aufbruch. „Euer Vater wird Euch sonst vermissen. Bitte!“

Lavinia nickte gehorsam, sie wollte sich gerade zum Gehen wenden, als Armin sich räusperte. Man konnte deutlich erkennen, wie schwer es ihm fiel, diese Frage auszusprechen.

„Wirst du … da sein?“

Armins Blick war jetzt fast flehend.

Lavinia fühlte sich hin und her gerissen. *Ich kann ihm diese Bitte unmöglich abschlagen,* dachte sie verzweifelt, *auch wenn ich alles andere lieber täte, als den Soldaten dabei zuzusehen, wenn sie es tun.* So nickte sie nur einmal kurz, denn sie war nicht mehr in der Lage, auch nur *ein* weiteres Wort herauszubekommen, so gewaltig war der Kloß, der sich in ihrem Hals gebildet hatte.

Armin schien sehr erleichtert.

„Dann werde ich dich suchen, Lavinia ...“

„*Herrin* ... Armin …“, flüsterte sie noch einmal heiser, bevor sie sich beeilte, das Verlies zu verlassen; denn in wahren Sturzbächen liefen ihr nun die Tränen über die Wangen, und sie wollte ihrem Freund das Herz nicht noch schwerer machen, als es ohnehin bereits war …

*

Beim Anblick ihres Freundes, der nun von den Legionären herausgebracht wurde, schnürte sich Lavinia die Kehle zu; vielleicht war das in diesem Moment auch gut so, denn vermutlich hätte sie laut aufgeschrien vor Verzweiflung. Armin war ihr immer als der tapferste Junge erschienen, den sie je kennengelernt hatte, tapferer sogar als mancher der Legionäre ihres Vaters. Sie suchte seinen Blick, und was sie darin lesen konnte, ließ Lavinia auf der Stelle innerlich erstarren. *Todesangst!* Dieser Gedanke traf Lavinia wie ein Blitz. *In seinen Augen sehe ich nichts als die pure Angst. Auch wenn er sie verbergen möchte,* dachte sie erschüttert, *ich sehe sie. Dazu kenne ich ihn einfach zu gut …!*

Inzwischen stand Armin auf der freien Fläche vor dem Haupttor des Kastells, nicht allzu weit von Lavinia entfernt.

Zwei Legionäre, die ihn rechts und links begleiteten, hatten ihn über die hölzerne Brücke hinweg, die den breiten Wehrgraben überspannte, durch das Tor geführt. Doch wenn man es genauer betrachtete, stand Armin nicht; vielmehr hatte man ihn gezwungen, sich auf den Boden zu knien.

Seine Arme waren jetzt hinter dem Rücken gefesselt, dennoch wurde er streng bewacht.
Die Hände der Soldaten ruhten stets auf den Griffen ihrer Schwerter, jederzeit bereit, diese zu ziehen. Und sie würden sie benützen, da bestand für Lavinia kein Zweifel, sollte Armin ihnen auch nur den geringsten Anlass dazu geben.
Ein leises Schluchzen entwich Lavinias Kehle, und es war ihr fast so, als ob ihr Freund im selben Moment kurz den Kopf gehoben hätte, um zu ihr herüberzublicken. *Ich habe mich bestimmt getäuscht,* dachte sie aber sogleich, *seine Bewacher lassen das gewiss niemals zu.*
Die Mitte des großen Marktplatzes, wohin man Armin gebracht hatte, war nun leer; üblicherweise wurde dort Handel getrieben, hier kaufte und verkaufte man Lebensmittel, Haushaltsgegenstände, Stoffe, Kleider, Vieh und Schmuck. Jetzt befanden sich dort nur Armin und seine beiden Bewacher. Doch auf der hohen steinernen Mauer des Kastells, an den Fensteröffnungen der Wachtürme und neben dem großen Tor zeigten sich viele neugierige Zuschauer, die das miterleben wollten, was man ihnen am heutigen Tag bieten würde. Bewohner des Kastells, Soldaten, Diener, Sklaven ...
Auch außerhalb der hohen Kastellmauern hatten sich viele Menschen eingefunden.

Teils waren es römische Bürger, die auf ihren Landgütern und Besitzungen in der Nähe lebten, teils aber auch Angehörige der nichtrömischen Hilfstruppen sowie Bauern und Händler aus dem Umland. Es waren Männer und Frauen dort, sogar einige kleine Kinder und Menschen eines der Völker, dem auch ihr Freund angehörte. *Vielleicht befinden sich sogar einige unter ihnen, die ihn kennen,* hoffte Lavinia, *wenn das auch nicht sehr wahrscheinlich ist. Seine Verwandten leben weit im Norden, vermutlich wissen sie nicht einmal, was heute geschehen soll* ... Bei diesem Gedanken musste sie schwer schlucken. *Nein, sehr wahrscheinlich wissen sie es nicht ... nicht einmal seine Eltern.*

Armin hatte ihr einmal erklärt, dass die Menschen Germaniens kein einheitliches Volk bildeten, in etwa so, wie auch die Bürger des Römischen Reiches vielen verschiedenen Völkern angehörten. Die Bewohner seiner Heimat entstammten unzähligen Stämmen, kleineren und größeren Gruppen, die sehr eigenständig waren, und die untereinander nicht immer gut zurechtkamen. Und jene Menschen, die gewöhnlich in der Nähe dieses Kastells lebten, die also diese Gegend ihre Heimat nannten, bezeichneten sich selbst als Chatten. Sie entstammten somit einem Volk, welches mit den

Cheruskern, zu denen Armin sich zählte, verfeindet war.

Hilfe kann er von denen also keine erwarten, bedauerte Lavinia zutiefst.

Aber all ihre Überlegungen waren im Moment ohnehin sinnlos, denn selbst wenn Freunde und Bekannte, ja Verwandte unter den Zuschauern wären, was vermochten diese wohl auszurichten?

Armin wird einfach zu gut bewacht, die Männer werden ihm keine Möglichkeit zur Flucht bieten und gnadenlos handeln.

Nein, das musste sich das Mädchen eingestehen, *nein, sie werden ohne jedes Mitleid ihre Pflicht erfüllen, denn sie sind selbst des Todes, wenn ihnen ein Gefangener entkommt.*

In eben diesem Augenblick erschollen laute Befehle, die Lavinias Gedankengänge unterbrachen.

Durch die Tore des Kastells marschierten die Legionäre, wie immer in ordentlichen Zweierreihen und in voller Ausrüstung. Glänzende Brustpanzer und Helme blitzten in der Sonne auf, darunter trugen die Soldaten rote Tuniken, bewaffnet waren sie mit Schwertern und Lanzen, die großen Schilde schützend am Arm. Ihre mit Nägeln besetzten Sandalen klangen laut und fast bedrohlich, während die Legionäre den hölzernen Steg

überquerten, jedoch noch lauter auf dem gepflasterten Boden, der sich vor dem Kastell befand.
Viel lauter und bedrohlicher, als das Mädchen es in Erinnerung hatte.
Immer bot es ein beeindruckendes Schauspiel, wenn die Legionen aufmarschierten, es war eine Demonstration der Stärke Roms, und bisher hatte dieser Anblick Lavinia auch stets mit Stolz erfüllt. Doch nicht an diesem Tag.
Ihre Gedanken waren jetzt nur bei ihrem Freund, und bei dem, was kommen würde. Was unausweichlich erschien, was sie nicht zulassen wollte und doch gezwungen war, hilflos mit anzusehen ...

Wieder ertönten laute Kommandos.
Der Centurio, der aus der Menge der Soldaten alleine durch seine Helmzier und sein herrisches Gebaren hervorstach, gab seine Befehle an die Männer weiter, und diese gehorchten augenblicklich.
Die Legionäre formten eine lange Reihe, bildeten so eine Art Trennlinie zwischen den Menschen, die von außerhalb gekommen waren und Armin mit seinen Bewachern.
Dann harrten sie aus, die großen Schilde vor sich aufgestellt, die Lanzen erhoben.

Dies war ein deutlicher Hinweis für alle, dass man keine Einmischung von außen wünschte und es allein die Angelegenheit des Militärs war. Eine deutliche Demonstration der Macht Roms, der Macht des Kaisers! Auch hier, an der äußersten Grenze des Reiches. Oder gerade hier!

Die Menschen schienen zu verstehen, denn sie wagten es nicht, näher zu kommen, verfolgten die Vorbereitungen, die getroffen wurden, jedoch mit großem Interesse.

Immer noch zwang man Armin, auf dem Boden des Platzes zu knien, immer noch bewachte man ihn scharf.

Die Zuschauer wurden allmählich ungeduldig, Unruhe entstand und Geraune war zu vernehmen.

Bisher war noch nicht viel passiert, begierig wartete man darauf, dass es endlich weiterging. Schließlich bekam man nicht jeden Tag eine Hinrichtung zu sehen. Aus diesem Anlass waren manche von weither gekommen, solch ein Ereignis sprach sich schnell herum!

Lavinia spürte die Anspannung der Menschen, die sich versammelt hatten. Alle, auch die Diener und Sklaven der Kastellbewohner, tuschelten aufgeregt, kaum einer empfand Mitleid für ihren Freund. Vielmehr wurde man nervös, weil es nicht voranzugehen schien.

Erst als dann ein lautes Hornsignal ertönte, verstummten die Gespräche augenblicklich. Mit einem Mal herrschte eine geradezu unheimliche Stille auf dem gesamten Platz.

Durch das große Tor des Kastells kamen jetzt Reiter, Legionäre, Soldaten des Reiches. Römer, aber auch Männer, die sich zu ihren Verbündeten zählten.

Oft schon hatte das Mädchen fasziniert dabeigestanden, wenn diese Männer vor den Mauern ihre Übungen ausführten.

Lavinia hatte die schwierigen Manöver zu Pferd beobachtet und die Soldaten stets dafür bewundert, wie gut sie diese beherrschten.

Zweifellos handelte es sich hierbei um die Elitetruppen des Reiches, die besten Soldaten, die es in den Legionen Roms gab, bewundert von allen Römern und gefürchtet von ihren Feinden! Und Lavinias Vater war ihr Befehlshaber. Bisher hatte dies das Mädchen stets mit großem Stolz erfüllt, doch jetzt war es sich nicht mehr sicher, ob es das auch weiterhin so empfinden durfte.

Wieder einmal boten die Reiter ein prachtvolles Bild, als sie in ordentlichen Zweierreihen durch das Haupttor des Kastells kamen. Die Zaumzeuge der Pferde und die Rüstungen der Soldaten glänzten im Sonnenlicht, man vernahm das leise Knarren des Leders und das Klirren der mitgeführten Waffen; Lanzen und Schwerter, letztere jedoch deutlich länger als die, welche bei den Fußtruppen üblich waren. Außerdem waren die Helme der Männer fantasievoll verziert als Zeichen ihres besonderen Standes.

Allen voran, an ihrer Spitze, ritt Lavinias Vater.

Marcus Julius Severus, Kommandant der hier stationierten Kohorte der Legionen, Vertreter Roms auf diesem Boden, Neffe des Kaisers ... und Herrscher über Leben und Tod.

Ja, wurde es dem Mädchen in diesem Augenblick besonders deutlich, *genau das ist er! Er ist ein Herrscher über Leben und Tod!*

Fast so mächtig wie die Götter, welche auch immer man verehren mag.

Als der Präfekt an der Stelle vorbeiritt, von der aus seine Tochter gemeinsam mit vielen weiteren Frauen das Geschehen verfolgte, hob er grüßend die Hand. Lavinia erwiderte seinen Gruß, indem sie die Augen

niederschlug und ihm zunickte, so, wie es ihrer Stellung angemessen war. Dann war er auch bereits vorbei. Langsam näherten sich die Reiter nun Armin, der noch immer auf dem Boden kniete.
Auf Befehl ihres Kommandanten bildeten sie einen großen Kreis, zügelten ihre Pferde und verharrten anschließend regungslos, während Lavinias Vater abstieg und einige Schritte auf den Jungen zuging.

Armin hatte bisher zu Boden geblickt und nicht gewagt, den Kopf zu heben, da man es ihm strengstens und unter Androhung von Strafe verboten hatte. Jetzt gelang es ihm jedoch nicht mehr, sich zurückhalten; ohne auf das zu achten, was ihm die Soldaten zuvor befohlen hatten, sah er auf und blickte dem Mann, der nur wenige Schritte von ihm entfernt stehen geblieben war, geradewegs in die Augen. Auch wenn sich dies, aus seiner Position heraus, etwas schwierig gestaltete, denn dazu musste Armin seinen Kopf weit in den Nacken legen.
Sofort zuckten die Hände der Wachen zu den Griffen ihrer Schwerter. Die Soldaten zeigten sich bereit einzuschreiten, sollte es nötig werden. Doch die rasche, abwehrende Handbewegung ihres Kommandanten ließ sie in der Bewegung innehalten.

„Dein Name ist Arminius."

Dies war eher eine Feststellung als eine Frage, und so nickte der Junge nur einmal knapp, bevor der Kommandant des Kastells erneut das Wort an ihn richtete.

„Ein großer Name, in der Tat … allerdings sicher keiner, der in Rom einen guten Klang besitzt. Es war einst ein anderer Arminius", stellte der Präfekt nun fest, „ein Mann deines Volkes, der sich zum Feind Roms erklärte. Er hatte dem Römischen Reich die Treue geschworen und dennoch den Kaiser verraten; doch das ist lange her ...

Dein Vater wird seine Gründe gehabt haben, dir diesen Namen zu geben."

Immer noch blickte Armin stumm in die Augen des Kommandanten. *Mit großer Wahrscheinlichkeit wird er in Kürze den Befehl erteilen, mein Leben zu beenden,* ging es ihm durch den Kopf, und bei diesem Gedanken pochte sein Herz vor lauter Furcht wie wild. Gleichzeitig aber versuchte Armin um jeden Preis, sich seine Angst vor dem, was kommen sollte, nicht anmerken zu lassen. Doch war er sich nicht sicher, ob er es auch schaffen würde. *Nein, wahrscheinlich wird es mir nicht gelingen. Wie könnte es auch?*

Marcus Julius Severus blickte währenddessen ebenfalls schweigend auf den knienden Gefangenen herab und wirkte dabei sehr nachdenklich; der Präfekt benötigte ungewöhnlich lange, bevor er erneut das Wort ergriff.

„Du hast einen Fehler gemacht ...!“ An dieser Stelle unterbrach er sich. Dann erst sprach er weiter, so leise, dass nur der Junge selbst und seine Bewacher es hören konnten: „Du hättest nicht versuchen sollen, wegzulaufen!“

Es entstand eine kurze Pause, doch bald darauf hatte der Präfekt sich wieder voll im Griff und sprach mit selbstsicherer, befehlsgewohnter Stimme weiter.

„Dein Vater hat dich uns als Pfand übergeben, er hat dich Rom gegeben, zum Zeichen seines guten Willens. Du bist die Garantie dafür, dass der vereinbarte Frieden gewahrt wird. Dein Vater wusste, dass wir dich töten würden, sollte er diese Abmachung jemals vergessen. Nur aus diesem Grund wird er sich daran halten!“

Wieder unterbrach sich der Kommandant für eine Weile, er schien seine Gedanken erneut sammeln zu müssen.

„Doch im Augenblick ist dieser Frieden brüchig, viele Stämme Germaniens begehren gegen Rom auf. Sie ignorieren die getroffenen Vereinbarungen und fallen in unsere Gebiete ein, sie verüben Raubzüge, plündern Städte und Landgüter römischer Bürger. Manchmal töten sie auch dabei ... Das ist ein Zustand, den Rom nicht dulden kann. Ein Zustand, den der Kaiser nicht dulden *wird.* Umso wichtiger ist es, dass Abmachungen Bestand haben und Versprechen gehalten werden!"

Marcus Julius Severus schwieg für einen Moment, und Armin, der sich nicht getraute, etwas zu sagen, musterte den Kommandanten aufmerksam.

Er sah prachtvoll aus! Sein Brustpanzer bestand aus schillernden Metallplatten, sein Unterkleid war aus kostbaren Stoffen gefertigt und auf seinem Helm konnte man den römischen Adler erkennen. Das Symbol des Kaisers. Armin wusste von Lavinia, dass ihr Vater mit diesem verwandt war, deshalb war es ihm gestattet, dieses besondere Zeichen zu tragen.

Doch irgendetwas im Blick des Präfekten sagte dem Jungen, dass dieser nicht ganz glücklich über das war, was er jetzt tun musste. *Seine Stimme klingt hart und bestimmend wie immer,* dachte Armin, *aber in seinem Blick liegt ein seltsamer Ausdruck, der nicht recht dazu passen will ... Ob er Zweifel hat?* Diese Frage schwirrte Armin im Kopf herum.

Konnte es sein, dass ein hochrangiger Mann Roms tatsächlich zu Mitgefühl fähig war? Konnte es wirklich sein, dass Marcus Julius Severus trotz Armins Vertrauensbruch Mitleid mit ihm, dem Sklaven, empfand? Doch dann war dieser kurze Augenblick der Schwäche auch bereits vorbei, und der Blick des Kommandanten hatte sich gewandelt, war jetzt wieder hart und unnahbar.

Der Präfekt richtete sich etwas auf, besann sich darauf, dass er an dieser Stelle die Interessen Roms und des Kaisers zu vertreten hatte und nicht seine eigenen.

Noch einmal schaute er herunter zu dem Jungen, der immer noch regungslos auf den Knien verharrte, der unerschrocken wirkte, was ungewöhnlich war angesichts dessen, was ihn erwartete.

Eine gewisse Bewunderung für diese stolze Haltung konnte der Präfekt sich nicht verwehren. *Immerhin ist dieser junge Barbar nur wenig älter als meine eigene Tochter,* überlegte er, *und doch blickt er seinem Schicksal mannhaft und scheinbar furchtlos ins Auge.*

Würde ich mir nicht Ähnliches wünschen, wäre der Junge mein eigener Sohn?

Dann aber verdrängte er diesen Gedanken rasch wieder, um endlich das zu tun, was Rom von ihm verlangte.

„Du hast versucht zu fliehen“, verkündete also der Präfekt mit deutlicher, lauter Stimme, sodass ein jeder auf dem großen Platz sein Urteil hören konnte.

„Ein Sklave, der seinen Herrn verrät! Ein Kriegsgefangener, der ein gegebenes Wort bricht ... das Wort seines Fürsten!

Nur die Aufmerksamkeit meiner Männer hat dich daran gehindert, deinen Plan durchzuführen. Deshalb kann ich auf die Bestrafung, die unsere Gesetze in diesem Fall vorsehen, nicht verzichten.“

Der Kommandant legte eine bedeutungsvolle Pause ein und musterte Armin eingehend. Er versuchte zu ergründen, was der Junge wohl über seine Worte dachte. Doch noch immer zeigte dieser keine erkennbare Regung, noch immer hielt er seinen Kopf stolz erhoben. *Ich muss zugeben, auch wenn er einem feindlichen Volke angehört, sein Mut ist wirklich bewundernswert. Es ist sehr bedauerlich ...*

Doch auch dieser kurze Anflug von Schwäche währte nicht lange.

„Du bist noch sehr jung“, richtete der Kommandant nun das Wort an Armin, „zudem gehörst du meiner Tochter, die für dich gesprochen hat. Nur aus diesem Grund lässt Rom Gnade walten. Man wird dir den

langsamen Tod am Kreuz ersparen, der für dein Vergehen üblich wäre.
Stattdessen wirst du das Schicksal einiger deiner Vorfahren teilen, die ebenfalls meinten, den Kaiser herausfordern zu müssen.“

Nachdem er dies verkündet hatte, wandte er sich den Männern zu, deren Aufgabe es war, Armin zu bewachen.

„Legionäre, ihr wisst, was zu tun ist. Ihr kennt eure Befehle. Bereitet alles vor, dann vollzieht die Strafe unverzüglich. Für Rom und für den Kaiser.“

Der Präfekt wartete noch einen kurzen Moment, bis seine Worte verklungen waren, dann drehte er sich rasch um, bestieg sein Pferd, wendete es und trieb das Tier an, um an der Spitze seiner Reiterei ins Innere des Kastells zurückzukehren.

Er warf keinen Blick zurück zu dem Ort, an dem sich Armins Schicksal bald erfüllen sollte. Er achtete auch nicht auf seine Tochter, die immer noch zwischen den Frauen stand, welche direkt vor dem Tor auf das warteten, was nun folgen würde.

Natürlich hatte Lavinia diese letzten Worte, die ihr Vater an seinen Gefangenen gerichtet hatte, nicht verstehen können. Dafür stand sie zu weit entfernt von dieser Stelle.

Doch jetzt, da die Reiter den Blick freigaben, konnte sie deutlich erkennen, was dort geschah.

Noch immer kniete Armin zwischen seinen Bewachern, aber er hielt seinen Kopf jetzt stolz erhoben, nicht gesenkt wie zuvor. Er ließ seinen Blick über die Reihen der Zuschauer gleiten, schien irgendetwas oder irgendjemanden zu suchen.

Dann endlich hatte er sie entdeckt, sah nun unverwandt in ihre Richtung. Lavinia zuckte ein wenig zusammen, als der Blick seiner blauen Augen sie wieder einmal in seinen Bann zog und bis tief in ihre Seele vordrang.

Sie wich ihm nicht aus, sie wusste, Armin hatte *sie* gesucht ...

Ein dritter Soldat war jetzt hinter ihn getreten, und als dem Mädchen in diesem Moment, bewusst wurde, welche Aufgabe diesem Mann zukam, begann ihr Herz zu rasen und sie zitterte am ganzen Körper.

Der Legionär hielt einen dünnen, nicht allzu langen ledernen Riemen in beiden Händen, sodass dieser straff gespannt war. Gleich würde er ihn Armin von hinten um den Hals legen, und dann ...

Nein, schrie sie innerlich auf, nein, das darf er nicht! Warum lässt mein Vater das nur zu?! Mein Vater! Lavinia öffnete ihren Mund ...

*

„Haltet ein!"

Diese Aufforderung war in einem Tonfall vorgebracht worden, der keinerlei Widerspruch duldete. Und der Mann, dessen Stimme man soeben vernommen hatte, schien es gewohnt zu sein, dass man seinen Anweisungen gehorchte.

Er hatte die Worte laut und deutlich ausgesprochen, sie waren über den gesamten Platz zu vernehmen gewesen.

Als er jetzt, in diesem Augenblick aus der Menge der Zuschauer hervortrat, die sich vor dem Kastell versammelt hatte, nahm er eine überaus stolze Haltung ein.

Mit großen, entschlossenen Schritten ging er anschließend auf die Reihe der Legionäre zu, die sich zwischen den Menschen und Armin mit seinen Bewachern aufgebaut hatten.

Der Fremde schien ihre drohend auf ihn gerichteten Lanzen nicht zu sehen, wenigstens schenkte er ihnen keine Beachtung. Schließlich blieb er direkt vor dem Centurio stehen, der die Soldaten befehligte.

Eine gewisse Unruhe entstand unter den versammelten Menschen, als sie diese Szene beobachteten.

Was würde jetzt wohl geschehen? Wie konnte dieser Mann es wagen, den Römern Befehle zu erteilen?

Seiner Kleidung nach war er einer aus dem Norden, ein Barbar, folglich kein Bürger des Reiches. Und selbst wenn er es gewesen wäre, so hätte er doch kein Recht dazu, auf diese Art zu sprechen!

Lavinia musterte den Fremden ebenfalls interessiert. Obwohl sie natürlich froh darüber war, wunderte sie sich insgeheim über den Mut des Mannes, sich den Legionären in dieser Situation entgegenzustellen.

Sicherheitshalber warf sie einen kurzen Blick dahin, wo sie Armin wusste. Aber auch die Soldaten, die Armin bewachten, richteten nunmehr ihre ganze Aufmerksamkeit auf den Fremden. Keiner von ihnen hatte bisher Hand an den Jungen gelegt.

Erleichtert atmete Lavinia auf. Ihr Freund war unversehrt, und auch er blickte herüber zu dem Unbekannten. Auf Armins Gesicht lag dabei ein seltsamer Ausdruck ... War es Erleichterung? Oder ein Wiedererkennen? Lavinia verstand es nicht recht zu deuten, denn Armin befand sich zu weit entfernt von ihr, aber sie erkannte, dass es ihm gut ging. Zumindest vorerst ...

Noch scheint nicht alles verloren, hoffte sie insgeheim.

So blieb Lavinia nichts anderes übrig, als gespannt abzuwarten, welche Absichten dieser Mann hegte und was weiter passieren würde. *Wer ist dieser Unbekannte?*, rätselte sie. *Woher kommt er wohl, und was veranlasst ihn dazu, für Armin zu sprechen*? Das waren Fragen, die sich wahrscheinlich nicht nur sie, sondern jeder der Anwesenden stellte.

Allem Anschein nach war er ein Barbar, ein Mann aus dem Norden, das konnte Lavinia deutlich erkennen; und was ihr ebenfalls nicht entgangen war: Er stellte eine äußerst stattliche Erscheinung dar, so, wie er jetzt vor dem Centurio stand und mit diesem sprach; groß, breitschultrig und ebenso blond wie Armin fielen ihm die Haare leicht gelockt bis über die Schultern herab, und er war einfach, aber dennoch vornehm gekleidet nach Art der Männer dieses Landes. Er trug eine wollene lange Hose, ein ebensolches Hemd und einen roten Umhang, der über seiner rechten Schulter von einer goldenen Spange gehalten wurde.

Natürlich war er auch bewaffnet, wie wohl fast jeder Mann, der in diesem Land unterwegs war.

Ein kurzes Schwert und eine schwere Axt fanden sich in seinem Gürtel, zusätzlich besaß er ein Messer, das in einer ledernen Scheide steckte, welche er an einem Lederriemen um den Hals trug.
Noch machte er allerdings keinen Versuch, eine dieser Waffen zu benutzen.

Das Mädchen konnte wieder einmal nichts von dem, was gesprochen wurde, verstehen und hatte somit keine Ahnung, um was es ging. Es schien jedoch eine wichtige Unterredung zu sein, denn der römische Soldat nickte von Zeit zu Zeit, bevor er schließlich einen der Legionäre beauftragte, dem Kommandanten eine Nachricht zu überbringen.
Marcus Julius Severus war bereits auf die ungewöhnlichen Vorgänge vor den Toren des Kastells aufmerksam geworden.
Als der Legionär ihm die Nachricht des Centurios überbrachte, wendete er unverzüglich sein Pferd und kehrte, gemeinsam mit seinen Reitern, dorthin zurück.
Es ist schon ein wenig ungewöhnlich, dass ein römischer Kommandant sich mit einem Barbaren abgibt, überlegte Lavinia, während sie den Ablauf des Geschehens verfolgte, *aber es muss wohl einen wichtigen Grund dafür geben, dass er es in diesem Fall tut ...*

*

Nein!

Lavinia hatte einen Entschluss gefasst. Die Sorge um ihren Freund brachte sie fast um den Verstand. Sie musste unbedingt in Erfahrung bringen, was dort vor dem Tor besprochen wurde. *Nein,* dachte sie, *ich halte das einfach nicht mehr aus! Ich werde nicht einfach seelenruhig dabeistehen und zusehen. Ich muss endlich etwas tun!*

So begab auch sie sich nun zu Armin, der immer noch scharf bewacht wurde. Lavinias Vater und der seltsame Fremde waren inzwischen ebenfalls dort und anscheinend in ein Gespräch vertieft.

Marcus Julius Severus, der erneut vom Pferd gestiegen war, hatte den Barbaren zu Fuß dorthin begleitet. Natürlich erst, nachdem dieser sämtliche Waffen, mit Ausnahme seines Messers, abgelegt, und dem Centurio übergeben hatte.

Nun standen die beiden Männer schon eine ganze Weile zusammen und schienen sich über wichtige Dinge auszutauschen.

Keiner der Legionäre nahm besondere Notiz davon, als Lavinia jetzt dicht hinter ihrem Vater stehen blieb. Dieser hatte sich in eben diesem Moment wieder dem

Fremden zugewandt und das Wort an ihn gerichtet. Die Stimme des Präfekten klang kalt, sein Blick wirkte fast überheblich, als er den fremden Barbaren von oben bis unten musterte.

„Was willst du? Wieso unterbrichst du uns? Du weißt genau, dass wir im Recht sind.

Dein Fürst weiß es ebenfalls. Also, du verschwendest nur deine Zeit. Geh lieber zurück und berichte ihm, was mit denen geschieht, die Rom herausfordern!"

Als Lavinia die Worte ihres Vaters mithörte, lief ihr ein eisiger Schauer den Rücken herunter.

In solchen Momenten, immer dann, wenn er auf diese Art mit jemandem sprach, erkannte sie ihn nicht mehr wieder. Dann war er nicht mehr der liebende Vater oder der verständnisvolle Freund, der er ebenfalls sein konnte.

Nein, immer wenn er sich in dieser Weise verhielt, war er nur noch ein Soldat Roms, jemand, der die Gesetze des Kaisers und des Reiches über alles andere stellte.

Diesem Fremden gegenüber würde er niemals seine Gefühle sprechen lassen, schon gar keine Schwäche zeigen. Dazu hatte er zu lange in den Legionen gedient.

Doch auch der Barbar schien ein Krieger zu sein, jemand, der einen solchen Tonfall gewohnt war und sich so leicht nicht einschüchtern ließ.

Auch wenn er in diesem Augenblick so gut wie ohne Waffen vor seinem Gegner stand und von den Legionären des Kastells umringt war.

Dennoch stand er aufrecht und hocherhobenen Kopfes da, den Blick aus strahlend blauen Augen direkt auf den Kommandanten gerichtet. Nahm man es genau, sah er sogar ein wenig auf ihn herunter, denn er war gut einen Kopf größer als Lavinias Vater.

Auf dem Gesicht des Fremden erkannte man keine Regung, nichts verriet nach außen hin, ob er Angst vor dem hatte, was ihm an diesem Ort widerfahren konnte. Für den Bruchteil einer Sekunde schaute er zu dem Jungen hinüber, dann antwortete er dem Kommandanten in einem ebenso melodischen Latein, wie Lavinia es bereits so gut von Armin kannte:

„Mein Herr, ich habe es bereits dem Centurio gesagt, nun biete ich Euch den gleichen Handel an." Man spürte deutlich, dass für den Fremden die Anrede *Herr* in diesem Fall lediglich eine Höflichkeitsform darstellte, denn dieser Mann betrachtete mit großer Sicherheit keinen der anwesenden Römer als seinen Herrn.

Seine Stimme war zwar leise, gerade einmal so laut, dass die Umstehenden alles verstehen konnten, doch vermochte man kein Zittern und keine Unsicherheit herauszuhören, als er schließlich fortfuhr.

„Lasst den Jungen gehen, er ist noch ein halbes Kind. Und es scheint mir unwürdig für Rom, ihn zu bestrafen. Der Kaiser benötigt dieses Opfer nicht, er gewinnt nichts, wenn man einen Jungen tötet. Armin kann nichts dafür, andere haben Fehler gemacht ...

Ich bitte Euch also, Präfekt, lasst ihn gehen, und nehmt mich an seiner Stelle. Ich bin ein Krieger, ich habe viele Male gegen Eure Legionen gekämpft. Ich bin vom selben Blut, denn ich entstamme ebenfalls der Familie des Fürsten. Wenn es wirklich ein derart schwerwiegendes Vergehen gab, dass es nur durch Blut zu sühnen ist, dann nehmt *mein* Leben, und verschont dafür seines ... Das ist es, was ich Euch heute anbiete.“

Lavinia stockte beinahe der Atem, als sie hörte, welchen Handel dieser Mann ihrem Vater da vorschlug. *Er kommt einfach her, aus freien Stücken, und ist bereit, sich für ihn zu opfern .... Sein Leben für das von Armin! Welch einen Mut benötigt man wohl, um so etwas zu tun?*

Jetzt, nachdem das Angebot ausgesprochen war, wartete der Fremde ruhig und scheinbar gelassen ab, wie sich der Kommandant entscheiden würde.
Lavinias Blicke wanderten in der Runde umher. Zuerst schaute sie zu Armin herüber, dem man deutlich anmerkte, wie sehr ihn die ganze Situation inzwischen überforderte.
Zwar bemühte er sich sehr darum, tapfer zu sein, aber sie konnte dennoch erkennen, dass er Angst hatte und Schmerzen empfand. Seine Qual dauerte nun bereits seit geraumer Zeit, stets hatte er dabei den Tod vor Augen ...
Wie gerne würde ich ihm helfen, seufzte Lavinia, *und ihn aus dieser Lage befreien. Aber diese Entscheidung liegt nicht bei mir, sondern einzig und alleine bei meinem Vater.*
Warum zögert er nur so lange? Er hat bislang noch keine Antwort auf das Angebot des Fremden gegeben, sondern ihn nur mit abschätzenden Blicken gemustert. Was geht jetzt gerade in ihm vor? Seine Augen verraten ihn, schoss es ihr durch den Kopf, *in seinen Augen kann man es erkennen, zumindest ich!*

*

„Es tut mir leid!"

Leise, kaum hörbar, sprach er diese Worte aus. Und Lavinia spürte im selben Augenblick, dass er sie ehrlich meinte, dass sie richtig vermutet hatte. *Ja, mein Vater bedauert diese ganze Sache wirklich, er bedauert die Entscheidung, die er treffen musste! Und doch wird er nichts unternehmen, er wird seine Befehle nicht zurücknehmen, auch wenn er Armin mag …*

Und als der Präfekt Lavinias Befürchtungen bestätigte, klang seine Stimme wieder fest und sicher. Er ließ keinen Zweifel und auch keine Unsicherheit über seine Entscheidung heraushören und stellte den Anspruch Roms über seine Gefühle.

All die Männer, dachte Lavinia, *all diese Soldaten und Krieger! All diese politischen Entscheidungen, die nur dazu dienen, Macht auszuüben und zu demonstrieren! Hier geht es aber nicht um die Macht, das Reich oder den Kaiser, hier geht es allein um das Leben eines Jungen ... um Armins Leben!*

Gerade wollte der Präfekt sich abwenden, als das Mädchen es schließlich nicht mehr aushielt.

„Nein!"

Lavinia erschrak selbst am meisten darüber, wie laut und entschieden ihre Stimme jetzt klang.

Alle Augen richteten sich in diesem Moment auf sie; auch die ihres Vaters, der erst jetzt zu bemerken schien, dass seine Tochter ebenfalls anwesend war.

„Das könnt ihr nicht tun!“, rief Lavinia aus. „Armin ist mein Freund und ganz sicher kein Feind Roms!

Er hat nie gegen die Legionen gekämpft, und er hat noch nie eine Waffe in der Hand gehabt oder die Macht des Kaisers infrage gestellt. Er wollte doch nur nach Hause, zurück zu seiner Familie, in sein Dorf. Was ist denn daran so schlimm? Ich verstehe es nicht!“

Lavinia brach in ein hilfloses Schluchzen aus, zu groß war ihre Verzweiflung, als dass sie sich jetzt noch hätte zusammenreißen können.

Aus den Augenwinkeln heraus bemerkte sie, wie der Soldat, der die Hinrichtung vollziehen sollte, nun die Lederschnur um den Hals des Jungen legte. Er war jederzeit bereit, den Befehl seines Kommandanten auszuführen. Nein, er würde sicher nicht mehr lange zögern, es zu tun, wenn keiner etwas dagegen unternahm.

Armin selbst fehlte die Kraft, sich weiter dagegen aufzulehnen, er war einfach zu erschöpft, um sich zu wehren.

Es gab keine Hoffnung mehr, alle Bemühungen waren umsonst gewesen. So senkte der Junge ergeben den

Kopf und wartete darauf, dass der Legionär die Anweisungen, die er erhalten hatte, ausführte.

Auch der fremde Krieger rührte sich nicht, er unternahm keinen Versuch einzugreifen.
Angesichts der Übermacht der Soldaten wäre das auch vollkommen sinnlos gewesen. Ehe er noch etwas unternehmen könnte, wäre der Junge bereits tot und er ebenfalls, das war ihm wohl bewusst.
Jetzt aber blickten alle ein wenig verwirrt in Lavinias Richtung. Sie wussten nicht so recht, was sie von diesem plötzlichen Ausbruch des Mädchens halten sollten.
Doch noch bevor es den Männern gelang, sich von ihrem Schrecken zu erholen, handelte Lavinia.
Blitzschnell, ehe einer sie daran hindern konnte, lief sie die wenigen Schritte zu der Stelle herüber, an der sich der fremde germanische Krieger immer noch befand. Mit einer schnellen Bewegung hatte sie sein Messer aus der Scheide gezogen, und drückte es dem verblüfft wirkenden Mann in die Hand.
„Nimm mich als Geisel“, zischte sie ihn an, „ich bin die Tochter des Kommandanten. Er wird Armin gehen lassen, wenn du damit drohst, mich andernfalls zu

töten. Versuche es! Es ist die einzige Möglichkeit, ihn zu retten!"

Der Mann war sichtlich irritiert, aber er fasste sich erstaunlich schnell.

Ohne lange zu zögern, packte der Barbar Lavinia an den Schultern und drehte sie so um, dass sie mit dem Rücken zu ihm stand. Dann hielt er sie eng an seinen Körper gepresst fest und setzte ihr die scharfe Klinge des Messers an den Hals.

Lavinia musste einmal schwer schlucken, als ihr in diesem Moment wirklich klar wurde, welch riskantes Spiel sie da begonnen hatte.

Was, wenn mein Vater nicht auf den erhofften Handel eingeht?, kam es ihr mit Schrecken in den Sinn. *Wird der Fremde mich dann trotzdem gehen lassen?* Sie schluckte nochmals.

Sollte Lavinias Vater ablehnen, das wurde dem Mädchen schlagartig bewusst, dann bliebe dem Mann keine große Wahl mehr. Ließe er das Mädchen frei, so wäre sein Leben im gleichen Moment verwirkt. Tötete er Lavinia, wäre es sicher ebenso.

Die einzige Möglichkeit, schlussfolgerte Lavinia, *ist die, mich zu entführen und sich so einen sicheren Rückzug zu ermöglichen …*

Keine dieser Möglichkeiten schien Lavinia, wenn sie es genau betrachtete, so recht verlockend. Aber es half alles nichts. Sie hatte diesen Weg gewählt, um ihrem Freund das Leben zu retten.

Und vielleicht war es tatsächlich die einzige Alternative für Lavinia, Armin zu helfen. *Ich kann nur hoffen,* dachte das Mädchen, *dass Vater auf den Tausch eingeht. Und darauf, dass der Fremde keiner dieser grausamen und unerbittlichen Barbaren ist, die man mir so oft beschrieben hat ...*

Lavinia merkte, wie sein Atem über ihr Haar strich, sie spürte seinen Herzschlag, als er sie fest an sich drückte, und sie fühlte die scharfe, kalte Klinge seines Dolches, die er nun an die zarte Haut ihres Halses presste. Als er dann das Wort an ihren Vater richtete, merkte man seiner Stimme nicht an, ob er in diesem Augenblick Angst oder Aufgeregtheit verspürte. Er sprach die Worte klar und deutlich, sodass jeder im Umkreis sie verstehen konnte.

„Mein Herr, seht! Dies ist Eure Tochter. Sie ist in meiner Gewalt, ihr Leben liegt nun in meinen Händen.

Vielleicht können wir jetzt unseren Handel tätigen, vielleicht ist Euch das Leben Eurer Tochter ja mehr wert als das des Jungen? Ich hätte mein Leben für ihn gegeben; seid Ihr bereit, das Ihre für ihn zu geben?"

Es waren starke Worte, die er sprach. Die Worte eines unerschrockenen Kriegers.

Und doch wusste Lavinia genau, dass er aufgeregt und unsicher war; dass er Angst hatte!
Sie wusste es, weil sie seinen Puls spüren konnte und auch das leichte Zittern seiner Hand, welche die scharfe Klinge des Dolches an ihren Hals presste.
Rom forderte man eben nicht ungestraft heraus! Das wusste jeder, selbst die Barbaren.

*

Ganz deutlich sah man dem Kommandanten nun an, dass er blass geworden war. Nicht nur blass, nein, jegliche Farbe schien aus seinem Gesicht gewichen zu sein!
Wie kann er es nur wagen?, dachte Marcus Julius Severus empört und verzweifelt zugleich. *Wie kann dieser Barbar es nur wagen, sich an meiner Tochter zu vergreifen? An meinem einzigen Kind ...!*
Im ersten Moment war er versucht, seinen Legionären den Befehl zu erteilen, diesen unverfrorenen Kerl gefangen zu nehmen; doch dann zögerte er.
Sein Blick fiel auf Lavinia, seine Tochter, die ihrer Mutter mit jedem Tag ähnlicher wurde. Der Fremde hielt sie fest an sich gepresst, sein Messer lag an ihrem Hals. *Wie lange würde er wohl benötigen, um zuzustechen?*

Nicht mal eine Sekunde!, schoss es ihm durch den Kopf, und er zitterte vor Wut und Hilflosigkeit. Nein! Wollte er seine Tochter retten, dann musste er, wenigstens fürs Erste, mitspielen und das tun, was dieser Mann von ihm verlangte.

Auch wenn Marcus Julius Severus sich nach außen hin beinahe unbeteiligt gab, innerlich war er alles andere als ruhig. *Keiner, besonders nicht dieser Kerl, darf wissen, wie sehr mich diese Sache mitnimmt. Ist Lavinia erst in Sicherheit, kann man diesen unverfrorenen Barbaren immer noch für seinen Verrat bestrafen. Und ich werde*, so schwor er sich in diesem Augenblick, *ich werde dafür sorgen, dass er seine angemessene Strafe erhält!*

Gezwungenermaßen und mit versteinertem Gesichtsausdruck nickte der Präfekt einmal, bevor er schließlich antwortete.

„So sei es ... mir bleibt keine andere Wahl."

Mit einem kurzen Wink gab er seinen Legionären den Befehl, ihren Gefangenen freizulassen.

Die Soldaten gehorchten sofort, wenn auch sichtlich widerwillig. Was bildete sich dieser Barbar nur ein? Wie konnte er so etwas Unglaubliches tun?

Man durchtrennte Armins Fesseln mit einem Messer, dann versetzte ihm einer der Legionäre einen groben Tritt in den Rücken, sodass der Junge vornüberkippte.

Es gelang ihm gerade noch, sich ein wenig abzufangen, bevor er mit dem Gesicht auf die Erde schlug, dennoch fiel er hart. Nach der langen Zeit der Fesselung verspürte er kaum noch ein Gefühl in seinen Händen, ganz zu schweigen von seinen Beinen, die völlig taub waren und ihm nicht gehorchen wollten.

So blieb er zunächst hilflos am Boden liegen, bis sich der Kommandant endlich darauf besann, seine Männer anzuweisen, dem Jungen zu helfen.

Tief bekümmert musste Lavinia schwer schlucken, als sie erkannte, welche Schmerzen ihr Freund während der ganzen Zeit durchgestanden haben musste und wie schlecht es ihm jetzt ging.

Doch Armin mühte sich, tapfer zu sein, und es gelang ihm sogar, Lavinia anzulächeln, als die Soldaten ihm zu guter Letzt auf die Beine halfen.

Langsam machte er sich auf und versuchte, dorthin zu gelangen, wo er von seinen beiden Rettern erwartet wurde.

Es waren nur wenige Meter, dennoch wollte es ihm kaum gelingen. Nur mühsam konnte er einen Fuß vor den anderen setzen, er schwankte dabei stark.

Auch der fremde Mann, der Lavinia noch immer in seiner Gewalt hatte, erkannte schnell, dass die Bemühungen des Jungen hoffnungslos waren. *So* würden sie den römischen Truppen nie entfliehen!

„Mein Herr“, wandte er sich daraufhin an den Präfekten, „Ihr seht selbst, wie schlecht es dem Jungen geht. Ohne Pferde werden wir Euch nicht verlassen können. Aber ich denke, Ihr werdet uns diese nicht verwehren. Auch wäre es bei dieser Gelegenheit nett, wenn man mir meine Waffen zurückgäbe, denn vielleicht benötige ich sie ja noch.
Man kann schließlich nie wissen, wer einem in diesem wilden Land, dort im Norden, so auflauert, oder?
Fragt Varus, wenn Ihr es wissen wollt, mein Herr. Und wagt es nicht, uns eine Falle zu stellen, es würde Eurer Tochter schlecht bekommen.
Sobald wir einen ausreichenden Abstand zwischen diesen netten Ort und uns gebracht haben, lassen wir das Mädchen frei. Darauf gebe ich Euch mein Wort. Ihr solltet uns also lieber drei ausgeruhte Tiere zur Verfügung stellen, dann könnt Ihr sie umso früher wieder in Eure Arme schließen.“
Lavinia erkannte deutlich, dass ihr Vater nun vor Wut förmlich kochte. Der Ton, die ausgewählten Worte des Barbaren, all das war frech und anmaßend in den Augen der anwesenden Römer. Und dennoch, der Präfekt

ließ sich nicht auf einen Streit mit diesem Mann ein, sondern gab unverzüglich die erforderlichen Befehle. Man brachte ihnen drei Pferde, die bereits gesattelt und aufgezäumt waren.

Einer der Soldaten half Armin in den Sattel, da dieser zu schwach war, es selbst zu tun. Dann zogen sich die Legionäre auf Anweisung ihres Kommandanten ein wenig zurück, um auch dem Barbaren die Gelegenheit zu geben, aufzusteigen. Er tat dies, nachdem er Lavinia vor sich aufs Pferd gehoben hatte, dann nahm er die Zügel der beiden übrigen Tiere in die Hand, und los ging es, in rasendem Galopp.

Sie mussten sich sehr beeilen, denn die römische Reiterei würde ihnen sicherlich bald folgen. *Alles* würde Marcus Julius Severus daransetzen, sie einzuholen …

*

Das Wasser des Flusses war klar und eiskalt, und Lavinia tat es unendlich gut, sich ein wenig zu erfrischen und eine kurze Rast einzulegen.

Sie hatte bereits etwas getrunken und sich kurz das Gesicht gewaschen, jetzt lag sie im hohen Gras und genoss es, ein wenig zu dösen.

Nicht weit entfernt hörte sie die leise Stimme von Falko, des Mannes, der den Mut besessen hatte, sein Leben für das des Jungen anzubieten. Wie sie inzwischen erfahren hatte, war er so etwas wie ein entfernter Cousin Armins ... und sein Leibwächter! Jedenfalls war er das gewesen, bevor man Armins Vater gezwungen hatte, seinen Sohn als Kriegsgefangenen an Rom auszuliefern.

Bereits kurz nachdem sie die Umgebung des Kastells hinter sich gelassen hatten, nahm Falko seinen Dolch von Lavinias Hals und bedrohte sie auch nicht mehr. Stattdessen begegnete er ihr mit einer höflichen Zurückhaltung, besonders, nachdem Armin ihm einige Dinge über sie erzählt hatte.

Jetzt saß Falko am Ufer des Flusses und massierte die geschundenen Gliedmaßen ihres Freundes. Dabei unterhielten sich die beiden leise in dieser singenden Sprache, die Lavinia schon so oft bei Armin gehört hatte. Vor allem dann, wenn er sich alleine glaubte. Ja, einige Male hatte er ihr sogar Unterricht gegeben. Leider konnte Lavinia, wie sie bedauernd feststellte, dennoch nur sehr wenige Worte verstehen.

Die Zeit, mehr zu erlernen, hatte ihr gefehlt.

Trotzdem liebte sie es, Armin und Falko zu lauschen. Sie liebte den Klang der Namen seines Volkes, sie achtete ihre Vorstellungen von der Welt und ihren Göttern, fürchtete sich zugleich ein wenig vor ihren Geistern, teilte aber ihre Verehrung für die Natur.
Wenn Lavinia so darüber nachdachte, überkam sie ein großes Gefühl der Traurigkeit; in diesem Augenblick wurde ihr schmerzlich bewusst, dass sie all das vielleicht zum letzten Mal hörte.
Sehr wahrscheinlich würde sie nie wieder mit jemandem über all diese Dinge sprechen können. Jedenfalls nicht in der Weise, wie sie es mit Armin getan hatte. Bald mussten sich ihre Wege trennen, sehr bald sogar.
Lavinia war derart in ihre Gedanken versunken, dass sie Armin zunächst gar nicht bemerkte. Jetzt stand er auf einmal direkt vor ihr und blickte auf sie herab.
Schnell richtete sie sich ein wenig auf und bedeutete ihm, er solle sich zu ihr setzen.

„Falko meint, dass wir ab hier wohl sicher sind. Der Fluss ist eine Grenze, die die Legionäre Roms nur ungern überschreiten." Armin musste kurz lächeln, bevor er weitersprach: „Zu viele Geister, du verstehst?"

Im schwindenden Licht der Nachmittagssonne wurden die Schatten bereits länger, bald würde die Dämmerung einsetzen, und die Zeit der Geschöpfe der Nacht bräche herein.

Auch Lavinia lächelte jetzt, als sie daran dachte. Ja, wahrscheinlich würden die Legionäre Roms an dieser Stelle ihre Suche nach den Flüchtigen aufgeben. Zwei Barbaren waren es sicher nicht wert, dass man für sie Kopf und Kragen riskierte. Und wenn sie am diesseitigen Ufer die Tochter ihres Kommandanten wiederfänden, würde auch dieser zufrieden sein.

„Dann heißt es also, Abschied nehmen?"

Lavinia hatte es als Frage formuliert, aber eigentlich war es keine. Sie wünschte fast, Armin würde daraufhin den Kopf schütteln, aber er presste nur die Lippen zusammen und nickte einmal leicht.

Dann blickte er über den sanft dahinfließenden Fluss und schien wieder einmal völlig in seine Gedanken versunken. Auch Lavinia sah jetzt über das Wasser. Sie suchte verzweifelt nach den passenden Worten ... sie wollten ihr nicht einfallen. Schließlich war es ihr Freund, der sich zuerst leise räusperte.

„Ich habe Oda lange nicht gesehen", meinte er, „wahrscheinlich hat sie inzwischen einen Partner gefunden.

Sie wirkte bei ihrem letzten Besuch irgendwie zufrieden, glücklich.
Zumindest, wenn ich den Ausdruck in ihren Augen richtig gedeutet habe. Wenn du also Geduld hast, Lavinia, dann wird sie sicher eines Tages bei dir vorbeischauen ..."
Armin wandte sich ihr jetzt wieder zu, und ihre Blicke trafen sich. Verlegen schaute Lavinia auf den Boden, dabei errötete sie leicht. Das Mädchen ahnte, dass auch ihm der Abschied schwerfiel, obwohl ihr Freund es ein wenig leichter hatte als sie selbst. Immerhin kehrte Armin zu seiner Familie zurück, zu seinem Volk und in seine Heimat. Sicher war das Leben dort jenem im Kastell vorzuziehen.
„Ich werde auf sie warten ...", versprach ihm Lavinia leise. *Und auf dich*, fügte sie in ihren Gedanken hinzu.
Armin nickte und schaute dann herüber zu Falko, der jetzt ein wenig ungeduldig schien.
Sein Verwandter hielt schon die Zügel der Pferde in der Hand, er war bereit zum Aufbruch. Ja, sie mussten aufbrechen, ehe die römischen Legionäre sie doch noch einholen konnten. Der Junge seufzte einmal leise, dann erhob er sich langsam. Er wollte sich gerade auf den Weg zu Falko machen, als er in seiner Bewegung stockte. Es schien fast so, als ob ihm noch etwas

Wichtiges eingefallen wäre. Vorsichtig, als fürchtete er, etwas Falsches zu tun, machte Armin einen Schritt auf Lavinia zu und nahm ihre kleine, zierliche Hand in seine eigene, viel größere. Seine zarte, unerwartete Berührung traf sie wie ein Blitz! Mit einem Mal wurde es Lavinia ganz heiß zumute, und sie spürte, wie sie errötete. Verlegen senkte sie den Kopf. Das Mädchen wagte kaum, aufzublicken, und als sie es schließlich doch tat, sah sie noch einmal, vielleicht ein letztes Mal, in diese strahlend blauen Augen, die jetzt ganz leicht, wirklich nur ein wenig, feucht schimmerten.

„Ich habe mich noch gar nicht bei dir bedankt, Herrin. Du hast mir heute das Leben gerettet. Hättest du nicht so viel gewagt, dann ..."

Als er dies gesagt hatte, hob er ihre Hand ein wenig an und berührte sie anschließend unendlich vorsichtig mit seinen Lippen. Ein Schauer durchlief Lavinia. Es war das allererste Mal, dass Armin sie freiwillig *Herrin* genannt hatte.

„Ich heiße Lavinia, Armin! Lavinia … das weißt du doch ..."

Er nickte leicht, fast unmerklich.

Lavinia spürte, wie ihr in diesem Moment die Wangen glühten und sich ihre Augen mit Tränen füllten, die sie nicht länger zurückhalten konnte, doch es machte ihr nichts mehr aus. *Ich muss meine Gefühle jetzt nicht mehr verstecken,* erkannte das Mädchen. *Nie mehr … nicht vor ihm!*

Ihre Blicke trafen sich ein allerletztes Mal, und sie bemühte sich um ein Lächeln, welches Armin voller Wehmut erwiderte …

Ende

Liebe Freunde,

dies war also meine Geschichte. Und die von Armin, dem Barbaren, der es bevorzugte, wenn ich ihn Cherusker nannte, nach dem Namen, den sein Volk sich selbst gewählt hatte.

Aber natürlich auch die von Oda, jener Botin, die mich auf eindrucksvolle Weise lehrte, was Treue bedeutet.

All das ist lange her, viele Jahre sind seitdem vergangen, und die Wahrheiten, die damals als unumstößlich galten, sind vergangen, ebenso wie das Reich ...

Dass Armin vor einigen Jahren gestorben ist, wurde mir über viele Umwege mitgeteilt.

Er war später ein großer Krieger seines Volkes und ein Fürst, so, wie er es immer erhofft hatte.

Und ich weiß ganz sicher, dass er jetzt auf mich wartet, irgendwo dort drüben ...

Wir haben uns bestimmt viel zu erzählen.

Alles, was ich geschrieben habe, ist wahr, ich habe nichts hinzugefügt und nichts ausgelassen.

Nun, vielleicht ... also, die Geschichte mit den Geistern! Aber das könnt ihr ja ganz einfach selbst herausfinden. Ihr müsst nur einmal die Stelle aufsuchen, an der es passiert ist, ihr wisst schon, dort im Wald ...

Bestimmt kann man sie auch in eurer Zeit wiederfinden. Geht einfach aus dem Kastell heraus, ein Stück nach Süden, dann scharf nach Westen ... An einem Tag im Herbst, wenn die Nebelschwaden durch den dichten Wald ziehen. Ich bin überzeugt davon, dass ihr sie finden werdet! Ach ja, Oda! Sie habe ich noch einige Male gesehen. Sie hatte wirklich einen Partner gefunden, genau wie Armin es vermutete. Auch ihn habe ich kennengelernt, und ihre Familie. Sie schienen glücklich zu sein, vielleicht glücklicher, als ich es zu jener Zeit war. Ihr erinnert euch ja sicher, dass Uhus ihrem Partner ein Leben lang die Treue halten.

Bei uns Menschen ist das wohl eher die Ausnahme, es sei denn, man findet den Richtigen.

Nun aber genug, ihr habt sicher Wichtigeres zu tun, als den Gedanken und Erinnerungen einer alten Frau Gehör zu schenken.

Die Götter mögen euch schützen, welche auch immer.

Geschichtliche Anmerkungen

Diese Geschichte entführt uns in eine andere Zeit ... etwa 1800 Jahre liegt diese jetzt zurück!

Eintausendachthundert Jahre, das ist eine sehr lange Spanne, eine Spanne, während der viele Generationen kommen und vergehen. Und doch ist es eine Epoche unserer Geschichte, über die wir einiges wissen, denn das Volk, das damals große Teile Europas, den Norden Afrikas und einen Teil Asiens beherrschte, verfügte über eine sehr hoch entwickelte Kultur, es gab Dichter und Denker, sogar Geschichtsschreiber, die uns viele Berichte überliefert haben.

Viele von uns haben während der Schulzeit etwas über dieses Volk gelernt.

Sei es im Geschichtsunterricht oder im Fach Latein!

Bei mir waren es beide Fächer, wenn das nun auch bereits ein paar Jahre zurückliegt.

Nicht so weit zurück liegen andere Dinge.

Mein derzeitiger Wohnort, Bad Homburg, befindet sich unmittelbar vor den ersten Anhöhen eines Mittelgebirges, das wir heute als Taunus bezeichnen.

Zum Ausdruck kommt dies auch dadurch, dass sich die Stadt mit ihrem vollständigen Namen Bad Homburg vor der Höhe nennt.

„Vor der Höhe"; dieser Begriff meint den Bergrücken, den ich in diesem Buch beschrieben habe. Denn noch eine Besonderheit weist meine Heimatstadt auf:
Sie liegt an einer Grenze!
Einer Grenze, die heute schon lange nicht mehr als solche wahrgenommen oder beachtet wird, zur Zeit des Römischen Reiches aber vorhanden war.
Sie verlief in jenen Tagen quer durch Deutschland, reichte vom Rhein bis zur Donau und war insgesamt etwa 550 Kilometer lang. Bei uns, hier in Hessen, im Taunus, bestand sie ursprünglich aus einer Holzpalisade, die durch einen Graben verstärkt wurde.
Entlang dieses Zaunes errichtete man massive Wachtürme, die im Abstand von einigen hundert Metern voneinander standen, auf Sichtweite also.
Und es entstanden Kastelle, heute würde man eher sagen, Militärbasen. Befestigte Anlagen, in denen Soldaten stationiert waren. In der Regel zwischen einhundert und etwa tausend Mann, manchmal mehr, manchmal weniger.
Diese dienten als Nachschubtruppen für die Wachturmbesatzungen, und natürlich auch, um militärische Präsenz zu zeigen. Denn diese Grenze, die ich hier beschreibe, bildete zu jener Zeit die Außengrenze des Römischen Reiches!

Innerhalb, also südlich des sogenannten Limes (lateinischer Ausdruck für Grenzweg oder Schneise), befanden sich die römischen Provinzen, nördlich davon begann das freie Germanien!

Auf besagter Höhe, oberhalb von Bad Homburg, direkt neben einer auch heute noch viel genutzten Verkehrsverbindung in den Hintertaunus, liegt die Saalburg.

Saalburg klingt zunächst für den, der es nicht besser weiß, eher nach Mittelalter denn nach Antike. Aber es handelt sich dabei wirklich um ein ehemaliges römisches Limeskastell, welches bereits zur deutschen Kaiserzeit vollständig rekonstruiert wurde.

Das heißt: Man kann heute beim Besuch der Saalburg einen wunderbaren Eindruck davon gewinnen, wie es wohl gewesen sein mag, dieses Leben der Menschen, vor 1800 Jahren auf besagter Anhöhe im Taunus!

Und genau so erging es mir eines Tages, was mich letztlich zum Schreiben dieser Geschichte veranlasste.

Ich hoffe sehr, sie hat gefallen.

Petra Horst

Noch eine kurze Anmerkung!

Im Lateinunterricht der heutigen Zeit lernt man als eine der ersten Vokabeln das Wort *servus,* welches, übersetzt für den Nichtlateiner, *Sklave* bedeutet.
Wir verschwenden daran kaum einen Gedanken ... Es war eben so, damals.
Was es wirklich bedeutete, ein Sklave im Römischen Reich zu sein, erfährt man, zumindest ein wenig, in diesem Buch. Vielleicht regt dieses Wissen ja letztlich dazu an, über unser heutiges Leben und die damit verbundenen Freiheiten eingehender nachzudenken. Freiheit und Selbstbestimmung für jeden Menschen, das sind Errungenschaften unserer heutigen Gesellschaft, die wir leider oftmals nicht genügend zu würdigen wissen.

Sollten manche Beschreibungen der römischen Vorgehensweisen, die in dieser Geschichte erwähnt werden, grausam und hart erscheinen, so kann ich nur eines dazu anmerken:
Alles, was ich hier beschrieben habe, findet sich in geschichtlichen Dokumenten über oder aus dieser Zeit wieder. Ich habe nichts hinzugefügt und nichts ausgelassen.

Einzig meine Hauptpersonen und deren Erlebnisse entspringen natürlich meiner Fantasie.

Zwei Geschichten über Wölfe!

Der Titel dieses Buches lautet: „Im Winter des Wolfes“, und doch kommt in der gesamten Geschichte kein Wolf vor! Seltsam? Oder doch nicht?
Sowohl in der römischen Mythologie als auch in der nordisch-germanischen gibt es Legenden über Wölfe.
Die Römer führen die Gründung der Stadt Rom auf Romulus zurück, einen Mann, der als Säugling gemeinsam mit seinem Zwillingsbruder Remus im Tiber ausgesetzt wurde.
Es war dann eine Wölfin, die sich der Kinder annahm und diese aufzog.
Sehr bekannt ist eine Bronzestatue, die dieses Geschehen darstellt. Man findet sie in fast jedem Geschichtsbuch.

In der nordischen „Edda“, einer isländischen Sammlung von Erzählungen, hört man vom Fenriswolf, auch Fenrir genannt, einem Wolf, der von den Göttern erschaffen und aufgezogen wurde, diesen dann aber zu groß und furchteinflößend erschien.

Sie versuchten mehrfach, ihn mit Ketten zu fesseln, die er jedoch aufgrund seiner unglaublichen Kräfte immer wieder sprengte.
Erst als sie ein von den Zwergen gewebtes Zauberband verwendeten, gelang es ihnen.
Sie banden ihn auf einem weit abseits gelegenen Eiland fest und überließen ihn seinem Schicksal. Er heulte daraufhin vor Wut und Enttäuschung, versuchte immer wieder, das ihn haltende Seil zu zerreißen.
Als es ihm schließlich gelang, bedeutete dies zugleich das Ende der alten Welt ...

„Die Menschen glauben (gerne) das,

was sie wollen."

(Gaius Iulius Caesar, De Bello Gallico)